KB063319

신 의 망 치

THE HAMMER OF GOD

Korean translation copyright © 2018 by Arzak Livres,
publishing division of Design Comma
Korean translation rights arranged with David Higham Associates Limited,
through EYA (Eric Yang Agency)

THE HAMMER OF GOD

신 의 망 치

아서 C. 클라크 지음 **고호관** 옮김

아작

이 책에 등장하는 과거의 사건은 모두 바로 그 시각, 그 장소에서 실제로 일어났던 일이며, 미래의 사건은 모두 일어날 가능성이 있는 일이다.

그리고 한 가지는 확실하다.

조만간 우리는 칼리를 만나게 될 것이다.

차례

제 1 부

첫 번째 조우 / 오리건주, 1972년 ———— 13

1 아프리카를 떠나 ———— 14

2 칼리와의 랑데부 ———— 19

두 번째 조우 / 시베리아 퉁구스카, 1908년 ——— 25

우주 파수대 ———— 26

3 하늘에서 떨어진 돌 ———— 28

세 번째 조우 / 멕시코만, 6,500만 년 전 ———— 32

4 사형 선고 ———— 34

5 아틀라스 ———— 37

6 상원의원 ———— 39

7 과학자 ———— 43

제 2 부

8 기회와 필요 — 49

9 무지개만 — 58

10 거주용 기계 — 77

11 지구여, 잘 있거라 — 82

12 화성의 모래밭 — 86

13 우주의 사르가소 — 95

14 아마추어 — 100

제 3 부

15 예언자 — 113

16 낙원 회로 — 117

17 교황의 메시지 — 123

18 엑스칼리버 — 127

19 예상치 못한 대답 — 131

20 환생자 — 133

제 4 부

21 불침번 — 141

22 일상 — 144

23 경보 — 154

24 휴가 — 158

25 유로파 정거장 — 169

제 5 부

26   추진 장치 —————— 181

27   마지막 리허설 —————— 188

28   생일 잔치 —————— 196

29   우주 경찰국 —————— 203

30   사보타주 —————— 205

31   시나리오 —————— 208

제 6 부

32   다윗의 지혜 —————— 213

33   구조 —————— 218

34   플랜 B —————— 222

35   구조 작전 —————— 226

36   이상 현상 —————— 228

37   스트롬볼리 —————— 231

38   최종 진단 —————— 235

39   국민투표 —————— 241

40   붕괴 —————— 243

제 7 부

41   결단 —————— 249

42   탈출 —————— 252

43   아군 사격 —————— 254

44 머피의 법칙 —————————— 258

45 불가능한 하늘 —————————— 261

46 대단원 —————————————— 265

네 번째 조우 ——————————————— 268

저자 후기   271

제 1 부

첫 번째 조우

오리건주, 1972년

작은 주택만 한 크기에 무게 9천 톤이 나가는 물체가 시속 5만 킬로미터의 속도로 움직이고 있었다. 그것이 그랜드티턴 국립공원 위를 지나가고 있을 때, 기민한 관광객 한 명이 그 작열하는 불덩이와 기다란 수증기 꼬리를 사진에 담았다. 채 2분도 지나기 전에 그것은 스치듯 지구 대기를 뚫고 다시 우주로 돌아갔다.

수십억 년에 걸쳐 태양 주위를 도는 동안 궤도가 아주 조금이라도 변했다면, 그 물체는 지구의 어떤 위대한 도시에 떨어졌을지도 모를 일이었다. 히로시마를 파괴한 폭탄의 다섯 배가 넘는 파괴력을 지닌 채로 말이다.

1972년 8월 10일의 일이었다.

1

아프리카를 떠나

로버트 싱 선장은 어린 아들 토비와 함께 숲을 산책하는 게 즐거웠다. 물론 안전하게 가꿔 놓은 숲이라 위험한 짐승에게 공격받을 걱정은 없었다. 하지만 지난번에 경험한 애리조나 사막과는 환경이 아주 달라 흥미로웠다. 무엇보다도 우주인 이라면 누구나 마음속 깊은 곳에서부터 감정 이입할 수 있는 바다와 가까웠다. 1킬로미터 이상 내륙으로 들어온 공터에서 도 계절풍이 몰고 온 파도가 해변의 바위에 부딪히는 소리를 어렴풋이 들을 수 있었다.

"아빠, 저게 뭐예요?" 네 살 난 아이가 나뭇잎 사이로 조심 스럽게 이쪽을 쳐다보고 있는 조그맣고 수염과 털이 난 얼굴 을 가리키며 물었다.

"음, 무슨 원숭이 같은데…. '브레인'에게 물어보지 그러니?"

"물어봤어요. 그런데 대답을 안 해요."

'이것도 문제로군.' 싱 선장은 생각했다. 고작 몇 밀리 초만 지나도 더 견디지 못하리라는 걸 잘 알면서도, 가끔은 인도의 먼지투성이 평야에 살던 조상들의 단순한 삶이 그리워질 때가 있었다.

"다시 해 봐. 너는 가끔 너무 빨리 말할 때가 있어. 가정도우미가 항상 네 목소리를 알아듣는 건 아니야. 그리고 사진도 보내야 하는 거 알고 있지? 직접 봐야 네가 보고 있는 게 뭔지 알려 줄 수 있잖니."

"아차! 깜빡했어요."

싱 선장은 아들의 개인 회선을 호출했고, 때마침 가정도우미의 대답이 들렸다.

"흰 콜로부스원숭이입니다. 긴꼬리원숭잇과의…."

"고마워, 브레인. 저거랑 놀아도 돼?"

"별로 좋은 생각 같지는 않구나." 싱 선장이 황급히 끼어들며 말했다. "물지도 모르잖아. 아마 벼룩도 있을 테고. 네 로봇 장난감이 훨씬 멋지지 않니."

"티그릿만큼 멋지진 않아요."

"별문제는 아니지만, 아직은 티그릿이 집에 길들어 있잖니. 다행히도 말이야. 어쨌든 집에 갈 시간이다." 그리고 캐럴이 가정도우미 문제를 얼마나 해결했는지도 살펴봐야겠다고 속으로 중얼거렸다.

공중수송서비스가 아프리카에 집을 내려놓은 뒤로 사소한

고장이 끊이질 않았다. 가장 최근에 발생했고 잠재적으로 아주 심각한 문제는 음식 순환시스템에서 일어났다. 안전장치가 있어서 실제로 중독이 될 가능성은 거의 없었지만, 전날 밤에 먹은 소고기에서 이상한 금속 맛이 났다. 캐럴은 얼굴을 찡그리며 이러다 전기가 등장하기 전처럼 사냥과 채집을 해다가 장작불에 요리해 먹던 시절로 돌아가야 하는 게 아니냐고 말했다. 캐럴의 유머 감각은 때때로 좀 이상한 면이 있었다. 죽은 동물에서 베어낸 천연 고기를 먹는다는 건 생각만으로도 너무나 역겨웠다….

"바닷가에 가도 돼요?"

지금까지 사막에서만 자라온 토비는 바다에 매료됐다. 그렇게 많은 물이 한 곳에 모여 있을 수 있다는 게 믿어지지 않았다. 북동 계절풍이 약해지는 대로 싱 선장은 토비를 해변으로 데리고 나가 성난 파도 뒤에 숨어 있는 경이로운 광경을 보여줄 생각이었다.

"엄마가 뭐라고 하는지 들어보고."

"엄마가 말하길, 이제 돌아올 시간이란다. 두 남자분 오늘 오후에 손님이 오는 걸 잊었나요? 그리고 토비, 네 방이 지저분해. 깨끗이 치워야겠어. 도카스에게 시키지 말고." 캐럴의 목소리가 들려왔다.

"하지만 프로그램을 그렇게 입력해 뒀…."

"이제 그만. 집으로 돌아와. 둘 다."

토비는 으레 그렇듯이 입을 삐죽 내밀었다. 하지만 애정보다는 규율이 우선해야 할 때가 있는 법이다. 싱 선장은 조금씩 꿈틀거리는 토비를 두 팔에 안고 집으로 걸어가기 시작했다. 오랫동안 안고 가기에는 토비가 좀 무거웠다. 그러나 토비도 금세 투정을 멈췄고, 싱 선장은 아들이 스스로 가도록 놓아줬다.

싱 선장과 그의 아내 캐럴, 아들 토비, 토비가 좋아하는 미니호랑이, 그리고 각종 로봇이 함께 사는 집은 이전 세기의 사람에게는 놀랄 만큼 작아 보일 것이다. 주택이라기보다는 오두막 같았다. 그러나 이건 겉모습으로는 절대 판단할 수 없는 상황에 해당했다. 방은 대부분 다용도였고, 조작하기에 따라 변형할 수 있었다. 가구도 마찬가지였다. 벽과 지붕은 땅이나 하늘, 심지어는 아주 그럴듯해서 우주비행사만 아니면 누구라도 착각할 만한 수준의 우주 풍경으로 바뀔 수도 있었다.

가운데의 돔과 원통을 반으로 자른 모양의 돌출부 네 개가 싱 선장의 눈에도 썩 보기 좋지 않은 건 사실이었다. 게다가 이 정글 속의 공터와는 정말로 어울리지 않았다. 그러나 '거주용 기계'라는 묘사에 완벽하게 들어맞는 집이었다. 싱 선장은 성인이 된 이후의 삶을 대부분 이런 기계 안에서, 때로는 무중력 상태로 보냈다. 그 외의 환경에서는 도무지 편안하게 느껴지지 않았다.

현관문이 위쪽으로 접히며 열렸다. 그리고 황금색의 흐릿한 형체가 뛰쳐나왔다. 토비는 팔을 뻗으며 티그릿을 맞이

하러 달려나갔다.

  그러나 둘은 결코 만나지 못했다. 30년 전, 5억 킬로미터
나 떨어진 곳에서 있었던 현실이었기에….

2

칼리와의 랑데부

　신경작용 재생이 끝나가면서 소리도, 환상도, 이름 모를 꽃의 향기도, 몇십 년이나 젊은 피부에 와 닿는 바람의 느낌도 점점 멀어져갔고, 어느덧 싱 선장은 우주예인선 골리앗호의 자기 선실에 돌아와 있었다. 그리고 토비는 엄마와 함께 싱 선장이 절대 다시 갈 수 없는 세계에 남았다. 우주에서 보낸 세월과 의무로 돼 있는 제로 G 운동을 등한시한 습관 때문에 몸이 약해진 싱 선장은 이제 달과 화성에서만 걸을 수 있었다. 중력 때문에 고향 행성에서 추방당해 버린 것이다.

　"랑데부까지 1시간 남았습니다, 선장님." 나직하지만 단호한 목소리로 다윗이 말했다. '다윗'은 골리앗호의 중앙컴퓨터로, 당연하다는 듯 이런 이름이 붙었다. "요청하신 대로 활성화 상태로 전환합니다. 기억칩에서 이만 현실로 돌아오실 시간입니다."

골리앗호의 인간 지휘관은 잃어버린 과거의 마지막 영상이 형체 없는 안개처럼 하얀 화면으로 바뀌고 나자 슬픔이 파도처럼 밀려드는 기분을 느꼈다. 하나의 현실에서 다른 현실로 너무 빨리 이동하는 건 조현병을 일으키기 쉬웠다. 싱 선장은 언제나 자신이 알고 있는 가장 효과적인 소리로 그 충격을 누그러뜨렸다. 파도가 부드럽게 해변에 부딪히고, 멀리서는 바다 갈매기가 우는 소리…. 그 또한 이제는 다시 접할 수 없는, 끔찍한 현실로 대체돼 버린 평화로운 과거의 일부였다.

싱 선장은 잠시 마주하기 두려운 막대한 책임을 옆으로 밀어두었다. 그러고는 한숨을 내쉬고 난 뒤 머리에 편안하게 맞는 신경 입력 모자를 벗었다. 다른 모든 우주인과 마찬가지로 싱 선장도 '대머리가 아름답다' 파에 속해 있었다. 무중력 상태에서는 가발이 성가시다는 이유 때문이었다. 사회사학자들은 휴대용 '브레인맨'이라는 발명품 하나가 인류의 겉모습을 고작 10년 만에 바꿔 놓았다는, 그리고 가발 제작이라는 과거의 기술을 주요 산업으로 부활시켰다는 사실에 여전히 동요하고 있었다.

"선장님." 다윗이 말했다. "거기 계신 것 알고 있습니다. 제가 지휘권을 넘겨받기를 원하십니까?"

그건 초기 전자공학 시대의 소설이나 영화에서 유래한 낡은 농담이었다. 다윗의 유머 감각은 놀라울 정도였다. 사실 다윗은 유명한 수정 헌법 100조에 따른 법적 인격(인간은 아닌)이었으며, 자신의 창조주가 지닌 속성을 거의 모두 공유하거나 심지어 능가했다. 그러나 감각과 감정이란 둘 다 다윗의 분야 밖이었다. 그렇게 하는 건 쉬운 일이었겠지만, 냄새와 맛의 감각을 갖춰야 할 필요는 없어 보였다. 게다가 음탕한 이야기를 하려는 시도는 전부 비참한 실패로 끝나고 말아서 결국 다윗은 그 분야를 포기해 버렸다.

"아니야, 다윗." 선장이 대꾸했다. "내가 지휘한다." 싱 선장은 눈을 덮고 있던 마스크를 벗고 웬일인지 모르게 눈에 고여 있던 눈물을 닦아낸 뒤 마지못해 전망창을 향해 시선을 돌렸다. 눈 앞에 있는 우주 공간에는 칼리가 있었다.

칼리는 다른 소행성과 다를 바 없이 그다지 위험해 보이지 않았다. 생긴 건 땅콩을 똑 닮아서 대체로 우스꽝스러웠다. 운석에 부딪혀 생긴 커다란 충돌구 몇 개와 수없이 많은 충돌구가 숯처럼 검은 표면에 흩어져 있었다. 크기를 짐작게 하는 시각적인 단서는 없었지만, 싱 선장은 이미 그 크기를 외우고 있었다. 최장 길이 1,295미터에 최소폭 656미터. 칼리는 웬만한 도시의 공원과 맞먹는 크기였다.

심지어 지금까지도 인류 대부분은 칼리가 자신들의 운명을 좌우할 수 있다는 사실을, 크리슬람교 원리주의자들이 말하는 '신의 망치'라는 사실을 믿지 못하고 있었다.

＊

골리앗호의 지휘실이 '엔터프라이즈호'를 본뜬 게 아니냐고 의문을 제기하는 경우가 종종 있었다. 150년이 지나긴 했지만, 아직도 〈스타트렉〉을 즐겨 보는 사람들이 존재했다. 인류가 순진하게도 물리학 법칙을 깨고 빛보다 빠른 속도로 우주를 움직이는 게 가능하다고 믿었던 초기 우주 시대를 떠올리게 하는 유물이었다. 그러나 아인슈타인이 정립한 속도의 한계를 돌파하는 방법은 발견되지 않았다. 그리고 우주에 '웜홀'이 있다는 사실은 증명됐지만, 원자핵만큼 크기가 작은 물질도 웜홀을 통과할 수는 없었다. 그래도 항성 사이의 간격을 정복하고자 하는 인류의 꿈이 완전히 사라진 건 아니었다.

칼리는 주 화면에 가득 찼다. 확대해서 볼 필요도 없었다. 골리앗호는 울퉁불퉁하고 낡은 칼리의 표면에서 고작 200미터 떨어진 곳에 떠 있었다. 그리고 칼리는 존재 이래 처음으로 손님을 맞이하는 중이었다.

미지의 세계에 첫 발자국을 딛는 건 지휘관의 특권이었지만, 싱 선장은 선외활동 경험이 더 많은 대원 세 명에게 양보했다. 조금이라도 시간을 낭비하고 싶지 않았다. 거의 모든 인류가 지켜보면서 지구의 운명을 좌우할 평결을 기다리고 있었다.

작은 소행성 위에서는 걷는 게 불가능했다. 중력이 너무 약해서 조금만 부주의했다가는 금세 탈출속도*에 도달해 별개의 궤도에 따라 날아가 버리게 된다. 착륙한 대원 한 명은 물체를 붙잡을 수 있도록 로봇팔이 달린 자가추진방식의 우주복을 입었다. 다른 두 명은 북극에서 쓰는 썰매와 아주 비슷한 우주 썰매를 타고 있었다.

골리앗호의 지휘실에 있는 싱 선장과 그 주위를 둘러싼 선원 십수 명은 긴급 상황이 일어나지 않는 한 쓸데없는 질문이나 충고로 선외활동 조를 귀찮게 할 필요가 없다는 걸 잘 알고 있었다.

썰매는 자기보다 몇 배 정도 큰 바위 위에, 놀라울 정도로 인상적인 먼지 구름을 날리며 내려앉았다.

"착지 성공했습니다, 골리앗호! 이제 노출된 바위가 보입니다. 부착시킬까요?"

"괜찮은 곳처럼 보이는군. 그러게." 싱 선장이 허락했다.

"드릴 전개. 쉽게 들어가는 것 같은데…, 석유라도 나오면 멋지지 않겠습니까?"

나직하게 투덜거리는 소리가 지휘실에 울렸다. 긴장을 누그러뜨리는 데 도움이 된다는 이유로 싱 선장은 그런 가벼운 농담을 장려했다. 랑데부 이후 선원들의 사기는 미묘하게 변하면서, 침울함과 어린애 같은 유머 감각 사이를 예측할 수 없이 오갔다. 선내 의사는 비공식적으로 이 현상을 '휘파람

---

* 물체가 천체의 표면에서 탈출할 수 있는 최소한의 속도

소리 나는 고대 무덤'이라고 명명했다. 이미 가벼운 조울증 환자 한 명이 신경안정제를 처방받았다. 앞으로 시간이 흐르면서 이런 현상은 더 심해질 것이다.

"안테나 설치 중. 전파 신호기 배치. 신호가 어떻습니까?"

"아주 선명하다."

"좋아요. 이제 칼리는 숨지 못할 겁니다."

물론 칼리를 놓칠 위험은 전혀 없었다. 관측 기술이 형편 없었던 옛날에는 여러 차례 일어났던 일이지만. 지금까지 그 어떤 소행성의 궤도도 이렇게 신중하게 계산한 적이 없었다. 그러나 여전히 불확실성은 있었다. 신의 망치가 모루*를 빗나갈 가능성이 아직 희미하게 남았다.

지금 전파 신호기가 1천조 분의 1초 단위로 조정해 내보낼 파동을 수신하기 위해, 지구와 달의 뒷면에서는 거대한 전파 망원경이 대기하고 있었다. 칼리의 궤도를 센티미터 단위로 확인해 줄, 보이지 않는 측정기 역할을 할 전파가 목적지에 도착하는 데는 20여 분이 걸렸다.

그리고 몇 초 뒤면, 우주 파수대의 컴퓨터가 삶인지 죽음 인지 결론을 내놓을 것이다. 그러나 그 소식이 골리앗호로 돌아오는 데는 거의 1시간이 걸렸다.

첫 번째 기다림이 시작됐다.

---

* 대장간에서 불린 쇠를 올려놓고 두드릴 때 받침으로 쓰는 쇳덩이

두 번째 조우

시베리아 퉁구스카, 1908년

태양 쪽에서 우주 빙산이 다가왔다. 그래서 하늘이 폭발하는 순간까지 누구도 그게 접근하는지를 알아차리지 못했다. 몇 초 뒤, 충격파가 2제곱킬로미터에 달하는 소나무숲을 평평하게 밀어버렸고, 크라카토아 화산 폭발 이후 가장 큰 소리가 지구를 둘러싸기 시작했다.

그 혜성 조각이 해온 오랜 세월의 여행이 단지 2시간만 늦어졌다면, 10메가 톤급의 폭발은 모스크바를 사라지게 하고 역사를 바꾸어 놓았을 것이다.

1908년 6월 30일의 일이었다.

우주 파수대

　'우주 파수대' 프로젝트는 전설로 남아 있는 NASA가 20세기가 끝날 무렵 추진했던 마지막 계획의 하나였다. 초기 목적은 지극히 합당했다. 지구 궤도와 교차하는 소행성이나 혜성을 가능한 한 완벽히 조사하고, 어떤 것이 잠재적으로 위협이 될 수 있는지를 확인하는 것. 이 계획의 이름은 20세기의 어떤 과학소설에서 따왔는데, 다소 오해의 소지가 있었다. '우주 감시'나 '우주 경고'가 훨씬 더 적합하다는 비판도 있었다.

　여간해서 연간 총 1천만 달러가 넘는 경우가 거의 없는 예산으로 전 세계에 걸친 망원경 관측망을 2000년대가 오기 전에 만들었다. 대부분은 숙련된 아마추어 천문학자들이 운영했다. 61년 뒤, 핼리 혜성의 장대한 귀환은 더 많은 예산을 끌어냈고, 2079년에 다행히도 대서양 한가운데 떨어진 불덩어리는 우주 파수대의 위상을 높여 줬다. 21세기가 지나기 전에 우주 파수대는 소행성 백만 개 이상의 위치를 알아냈고, 탐색은 90퍼센트 이상 끝났다고 생각했다. 그러나 조사가 안 된 미지의 영역에서 침입자가 난입해 들어올 가능성은 항상 있었다.

2109년이 저물 무렵 토성 궤도를 지나 태양을 향해 다가오는 모습이 포착된 칼리가 바로 그랬다.

3

하늘에서 떨어진 돌

"토머스 제퍼슨이 홀로 식사한 이래 백악관에 뛰어난 인재가
이렇게 많이 모인 적이 없었습니다."

— 존 케네디 대통령이 미합중국 과학자 대표단에게

"하늘에서 돌덩어리가 떨어진다는 걸 믿느니, 두 미국 과학
자가 거짓말을 했다고 믿겠다."

— 토머스 제퍼슨 대통령.
뉴잉글랜드 지방의 운석 충돌 보고를 듣고

"운석은 지구에 떨어지지 않는다. 운석은 태양에 떨어진다.
지구는 그걸 방해할 뿐이다."

— 존 W. 캠벨

어떤 신이 떨어뜨리는 것이냐는 문제에 대해서는 의견이 일치하지 않았지만, 고대 사람들도 하늘에서 돌이 떨어진다는 사실은 잘 알고 있었다. 돌뿐 아니라 귀중한 금속인 철 역시 마찬가지였다. 제련 기술이 발전하기 전에는 운석이 이런 귀중한 원소의 주요 공급처였다. 운석을 두려워하며 숭배했던 경우가 많았던 것도 당연했다.

그러나 '이성의 시대'인 18세기의 계몽사상가들은 그런 말도 안 되는 미신을 믿지 않았다. 실제로 프랑스 과학한림원은 운석이 전적으로 지구에서 유래한 것이라는 결의안을 통과시키기도 했다. "만약 하늘에서 뭔가 떨어진 것처럼 보인다면, 그건 번개가 쳤기 때문이다." 그래서 유럽의 박물관 학예사들은 무지한 조상이 끈기 있게 모아 둔 쓸모없는 돌멩이를 내다 버렸다.

과학의 역사에서 가장 얄궂은 일이라고 할 수 있는 것 중 하나가 프랑스 과학한림원이 그렇게 발표하고 고작 몇 년 뒤 운석이 대량으로, 신뢰할 수 있는 목격자들의 눈 앞에서 파리 외곽 몇 킬로미터 밖에 떨어졌다는 사실이다. 과학한림원은 서둘러 발표를 철회해야 했다.

그런데도 우주 시대가 밝아오기 전까지는 운석의 양이나 잠재적인 중요성을 제대로 인식하지 못했다. 수십 년 동안 과학자들은 운석이 지구의 주요 지형을 만들었다는 데 의심을 표하거나 부정했다. 믿기 어렵지만, 20세기에 한참 들어선 뒤에도 지질학계 일부는 애리조나의 유명한 '운석 충돌구'는 잘못 붙인 이름이라고 생각했다. 운석이 아니라 화산 활동 때문에 생겼다고 주장했다. 우주탐사선이 우주에서 오랜 세월에 걸쳐 폭격을 받아왔던 달과 소형 천체의 모습을 보여주고 나서야 논쟁은 끝이 났다.

궤도에 올라가 있는 인공위성 카메라의 도움을 주로 받아 운석을 찾기 시작하자마자 지질학자들은 충돌구를 어디서나 볼 수 있게 됐다. 그것들이 요즘에 흔히 보이지 않는 이유는 명백했다. 고대에 생긴 충돌구는 모두 풍화돼 사라졌고, 일부는 너무 거대해서 지상에서는, 혹은 공중에서조차 볼 수 없었다. 우주로 나가야만 볼 수 있는 규모였다.

지질학자에게는 이 모든 게 흥미로웠지만, 일상사와는 너무 거리가 있는 이야기라 일반 대중은 별로 관심을 두지 않았다. 그러다가 노벨상 수상자 루이스 알바레스와 아들인 월터 알바레스에 의해 비주류 학문이었던 '운석학'은 단번에 신문 1면에 실리는 뉴스거리가 됐다.

1억 년 이상 지구를 지배했던 거대한 공룡의 (적어도 천문학적 시간의 척도에서는) 돌연한 멸종은 언제나 중요한 수수께끼였다. 여러 가지 설명이 있었는데, 어떤 건 그럴듯했고, 어떤 건 솔직히 어이가 없는 수준이었다. 기후 변화 때문이라는 설이 가장 단순하고 명백했고, 이는 월트 디즈니의 걸작 〈판타지아〉 속의 훌륭한 작품인 '봄의 제전'에도 영감을 줬다.

그러나 그 설명은 대답할 수 있는 부분보다 더 많은 질문을 던졌기에 그다지 만족스럽지 않았다. 만약 기후가 변했다면,

왜 변한 걸까? 수많은 이론이 있었지만 진정 납득이 갈 만한 건 없었고, 과학계는 다른 곳으로 눈을 돌렸다.

1980년, 지질 기록을 조사하던 알바레스 부자는 오랜 세월에 걸친 수수께끼를 풀었다고 발표했다. 백악기와 제3기의 경계에 있는 좁은 층에서 전 지구적인 대참사의 증거를 발견했던 것이다.

공룡은 학살당했다. 그리고 그들은 그 흉기를 알아냈다.

세 번째 조우

멕시코만, 6,500만 년 전

그것은 수직으로 내리꽂혔다. 대기권에 폭이 10킬로미터인 구멍이 뚫리자 온도가 매우 높아져 대기 자체가 타오르기 시작했다. 땅에 부딪히자, 녹아서 액체로 변한 바위가 산더미만 한 파도가 돼 퍼져나갔고, 지름이 200킬로미터인 충돌구가 생기고 나서야 굳기 시작했다.

하지만 그건 재앙의 시작에 불과했다. 진짜 비극은 지금부터였다.

하늘에서 산화질소 비가 내려 바다를 산성으로 만들었다. 재가 돼 버린 숲에서 생긴 그을음의 구름은 몇 개월 동안이나 해를 가려 하늘을 어둡게 만들었다. 지구 전체에서 기온이 급격히 떨어져 최초의 격변에서 살아남은 동식물을 절멸시켰다. 몇몇 종은 수천 년 동안 명을 이어갔지만, 거대한 파충류의 왕국은 결국 끝나고 말았다.

진화의 시계는 다시 처음으로 돌아갔다. 인간을 향한 초읽기가 시작된 것이다.

대략 지금으로부터 6,500만 년 전의 일이었다.

4

사형 선고

"잠시만이라도 자연을 움직이는 힘을 모두 이해하는 지성을 가질 수 있다면… 그런 자료를 분석할 수 있을 정도로 강력한 지성은… 우주에서 가장 거대한 천체와 가장 작은 원자의 움직임을 같은 공식으로 품을 수 있을 것이다. 그렇게 되면 어떤 것도 불확실하지 않게 되며, 미래 역시 과거처럼 두 눈 앞에서는 현재와 마찬가지일 것이다."

— *피에르 시몽 드 라플라스, 1814년*

싱 선장은 철학적인 사색을 거의 견디지 못하는 성미였다. 그러나 천문학 교과서에서 위대한 프랑스 수학자의 말을 처음 접했을 때는 공포에 가까운 기분을 느꼈다. '강력한 지성'이란 것이 아무리 있음 직하지 않다고 해도, 그런 가능성 자체가 두려웠다. 적어도 이론상으로나마 모든 행동이 미리 정해져 있다면, 싱 선장이 당연히 자신에게 있다고 생각하는 '자유의지'란 착각에 불과한 것일까?

싱 선장은 20세기 말 카오스 이론의 발달이 어떻게 라플라스의 악몽을 떨쳐냈는지를 배우고 난 뒤에 크게 안도했다.

우주 전체는 말할 것도 없고, 원자 단 하나의 미래라 할지라도 완벽하게 정확히 예측할 수 없다는 사실을 깨달은 것도 그때였다. 그렇게 하려면 원자의 초기 위치와 속도를 완전무결하게 알아내야 했다. 100만 번째나 10억 번째, 혹은 100만의 100제곱 번째 자리에서 오류가 생겨도 현실과 이론이 완전히 달라진다.

그러나 어떤 사건은 적어도 인간의 기준으로는 오랜 시간 동안 아주 확실하게 예측할 수 있었다. 태양, 그리고 각각의 중력장 아래에 있는 행성의 움직임은 라플라스가 나폴레옹과 철학을 논하던 시간을 뺀 나머지 시간에 천재성을 쏟아부었던 전형적인 사례였다. 장기간에 걸친 태양계의 안정성은 장담할 수 없지만, 행성의 위치는 아주 작은 오차 범위 안에서 수만 년 뒤의 미래까지 계산할 수 있었다.

칼리의 미래는 고작 몇 개월 단위로 알아야 했다. 그리고 허용할 수 있는 오차는 지구의 지름이었다. 방금 설치한 전파 신호기는 칼리의 궤도를 필요한 만큼의 정확도로 계산할 수 있도록 해줄 것이다. 거기에는 불확실성이 끼어들 여지가 없었다. 그리고 희망도….

싱 선장 자신도 그다지 희망을 품고 있지 않았다. 좁은 적외선 광선이 달 중계기지에서 도착하자마자 다윗이 보고한 소식은 예측했던 그대로였다.

"우주 파수대 컴퓨터는 칼리가 241일 13시간 5분 뒤에 지구에 충돌한다고 보고했습니다. 오차 범위는 20분입니다. 낙하지점은 아직 계산 중인데, 아마도 태평양이 될 겁니다."

그러니까 칼리는 바다에 떨어질 운명이었다. 그렇다고 해도 전 지구적인 재앙을 줄이는 데는 아무런 도움이 되지 않았다. 오히려 1킬로미터 높이의 파도가 히말라야의 고지대를 쓸어가면 더 나쁜 상황이 될 수도 있었다.

"방금 다른 메시지가 들어왔습니다." 다윗이 말했다.

"알고 있어."

기껏해야 1분도 안 걸렸을 테지만, 마치 영원과 같은 느낌이었다.

"우주 파수대 통제실에서 골리앗호에게 전한다. 즉시 아틀라스 작전을 시작할 것을 허가한다."

5

아틀라스

신화에서 아틀라스의 과제는 하늘이 땅에 떨어지지 않도록 막는 일이었다. 골리앗호가 가져온 추진 모듈인 아틀라스의 임무는 훨씬 간단했다. 단지 하늘의 아주 조그만 부분만 막아내면 됐다.

화성의 두 위성 중 바깥쪽에 있는 데이모스에서 조립한 아틀라스는 20만 톤의 액체수소가 담긴 연료통에 로켓 엔진이 달린 것에 불과했다. 아틀라스의 핵융합 추진기는 유리 가가린을 우주로 데려다준 원시적인 미사일보다도 추력이 낮았지만, 고작 몇 분 만에 끝나는 게 아니라 몇 주 동안 끊임없이 작동할 수 있었다. 그렇다고 해도 칼리 정도 크기의 천체에 미치는 영향은 대단치 않아서 초속 몇 센티미터 정도의 속도 변화뿐이었다. 그러나 전부 잘 흘러가기만 한다면 그 정도만으로 충분했다.

아틀라스 계획에 그렇게 열심히 찬성했던(또는 반대했던) 사람들이 결코 그 노력의 결과를 알 수 없다는 점은 유감이 아닐 수 없었다.

6

상원의원

상원의원 조지 레드스톤(무소속, 서아메리카)에게는 드러내
놓고 즐기는 괴벽이 하나 있었다. 레드스톤 의원은 항상 육중
한 뿔테 안경을 썼는데, 이유인즉슨 비협조적인 증인을 위협
하는 효과가 있다는 것이다. 레이저로 즉석에서 시력 수술이
가능한 이런 시대에 그런 안경은 진귀했다. 그리고 그 스스로
기꺼이 인정하는 은밀한 악덕도 하나 있었다.

레드스톤 의원의 '은밀한 악덕' 역시 누구나 아주 잘 알고
있었는데, 바로 오랫동안 쓰지 않고 있는 샤이엔산 근처 미사
일 격납고의 복도에 만들어놓은 올림픽 규격 경기장에서 즐
기는 라이플 사격이었다. 지구라는 행성의 비무장화 이후로
그런 취미는 굳이 제지하려고 들지만 않았지 누구나 눈살을
찌푸리는 행위였다.

레드스톤 의원은 20세기의 대량학살을 계기로, 표적으로 노리는 사람을 포함해 여러 명을 다치게 할 수 있는 모든 무기에 대한 개인의 소유를 금지하는 UN 결의안에 찬성했다. 그런데도 세계 구제자 모임의 '총은 발기불능자의 목발이다'라는 유명한 강령을 조롱하고 다녔다.

"제게는 그렇지 않습니다." 레드스톤 의원은 수없이 했던 인터뷰 중 하나에서 이렇게 반박했다(미디어 종사자들은 레드스톤 의원을 좋아했다). "제게는 두 아이가 있습니다. 법만 허락한다면 열 명이라도 더 가질 겁니다. 저는 제가 멋진 총을 좋아한다는 사실을 인정하는 게 부끄럽지 않습니다. 그건 예술 작품입니다. 방아쇠에 두 번째 압력을 가한 뒤 과녁의 중앙을 맞춘 걸 보면…, 음, 그만한 기분이 또 없지요. 그리고 사격이 섹스의 대용품이라면 전 둘 다 기꺼이 즐기겠습니다."

그러나 사냥에는 선을 그었다.

"달리 고기를 얻을 방도가 없었을 때는 당연히 괜찮았지만, 지금은 방어할 수 없는 동물을 쏘는 스포츠라는 게 메스꺼운 짓이지요. 저도 어렸을 적에 한 번 해봤습니다. 다람쥐 한 마리가 앞마당을 뛰어가는데 충동을 억제하지 못했지요. 다행히 보호종은 아니었습니다. 그때 아버지는 저를 때리셨는데, 사실 그럴 필요도 없었습니다. 저는 그 총알이 만들어놓은 참상을 절대 잊을 수 없습니다."

레드스톤 의원이 괴짜라는 점에는 의심의 여지가 없었다. 그건 집안 내력인 것 같았다. 레드스톤 의원의 할머니는 공포의 비벌리힐스 시민군 대령이었는데, 로스앤젤레스의 비정규군과 벌인 소규모 전투는 오래된 발레에서부터 기억칩에 이르기까지 모든 매체를 이용한 수많은 심리극을 낳았다. 할아버지는 21세기의 아주 악명 높은 밀매업자였다. 나이아가라 폭포 위로 교묘하게 담배 1천 톤을 밀반입하려고 시도하다가 캐나다 메디캅과 벌인 총격전에서 사망하기 전까지, '담배왕 레드스톤'이 밀매한 담배가 죽음으로 이끈 목숨은 대략 2천만 명 정도로 추정된다.

할아버지 레드스톤의 충격적인 죽음은 옛 미합중국의 세 번째이자 가장 끔찍했던 금주법 제정 시도를 철회하게 만들 정도였는데, 레드스톤 의원은 할아버지에 대해 그리 개의치 않았다. 레드스톤 의원은 책임감 있는 성인이라면 어떤 방법으로든 원하는 대로 자살할 수 있게 해줘야 한다고 주장했다. 술이든 코카인이든 담배든, 다른 무고한 사람에게 해만 입히지 않으면 된다는 소리였다. 사실 레드스톤 의원의 할아버지는 값비싼 변호사의 힘으로 감옥에 가지 않고 버티면서 인류의 상당수를 중독에 빠뜨린 광고계의 거물들에 비교하면 확실히 성인군자라 할 수 있었다.

아메리카 연방은 여전히 총회를 워싱턴에서 열었다. 그곳은 여러 세대의 시청자에게 아주 익숙한 환경이었다. 물론 20세기에 태어났다면, 의사 진행이나 호칭 때문에 어리둥절할 수는 있었다. 그래도 행정상의 문제란 대개 시대를 막론하고 같았기 때문에, 여러 위원회나 분과위원회는 아직도 이름이 그대로였다.

레드스톤 의원이 우주 파수대 계획 2단계를 처음 알게 된 건 연방의 특별예산위원회 의장으로 있을 때였다. 그리고 격분했다. 세계 경제의 상태가 좋은 건 사실이었다. 지금은 너무 오래된 일이라 동시에 일어난 것처럼 보이지만, 공산주의와 자본주의의 순차적 붕괴 이후 세계은행의 수학자들이 카오스 이론을 노련하게 적용한 결과 호경기와 불경기의 오래된 주기를 무너뜨리고 많은 비관론자가 예측했던 최후의 공황을 (아직까지는) 잘 막아냈다. 그런데도 레드스톤 의원은 토지, 특히 대지진 이후 폐허가 된 캘리포니아를 복구하는 계획에 예산을 훨씬 더 유용하게 쓸 수 있다고 주장했다.

레드스톤 의원이 우주 파수대 계획 2단계에 대한 예산안에 두 번째로 거부권을 행사하자 지구의 누구도 레드스톤 의원의 마음을 바꾸지 못한다는 데 모두의 의견이 일치했다. 다만 화성에서 올 누군가를 생각하지 못했다.

7

과학자

　녹지화 과정이 시작된 지 얼마 되지 않았지만, 벌써 그 붉은 행성은 그다지 붉어 보이지 않았다. 생존이라는 문제에 집중한 나머지 '개척민'(그 사람들은 이 말을 싫어했다. 그리고 언제나 자랑스럽게 '우리는 화성인'이라고 말하곤 했다)에게는 예술이나 과학에 쓸 힘이 거의 남아 있지 않았다. 그러나 번득이는 천재성은 어디서 나타날지 모르는 일이었고, 세기의 가장 위대한 이론물리학자가 포트 로웰의 둥근 지붕 아래에서 태어났다.

　종종 비교 대상이 되는 아인슈타인처럼 카를로스 멘도자 교수도 음악에 조예가 깊었다. 화성에 단 하나밖에 없는 색소폰을 갖고 있었고, 고풍스러운 그 악기를 능숙하게 연주했다. 아인슈타인과 마찬가지로 자기비하적인 유머 감각까지 갖추었다. 예를 들어, 중력파에 대한 예측이 극적으로 입증됐을 때 멘도자 교수가 한 말은 이랬다. "음, 그러면 다섯 번째 빅뱅 이론은 없어도 되겠군요. 최소한 수요일까지는요."

멘도자 교수는 누구나 예상했던 것처럼 화성에서 노벨상을 받을 수도 있었다. 그러나 짓궂은 장난으로 사람을 놀라게 하기를 좋아하는 성격이라, 마비 환자를 위해 만든 강한 외골격을 입고 첨단 갑옷을 입은 기사 같은 모습으로 스톡홀름에 나타났다. 기계 장치의 도움을 받은 덕분에, 순식간에 죽을 수도 있는 지구 환경에서 멘도자 교수는 거의 아무 문제 없이 활동할 수 있었다.

시상식이 끝나자 자연스럽게 과학과 사교 모임에 초대하는 요청이 쏟아져 들어왔다. 멘도자 교수가 받아들인 몇 안되는 요청 중에는 아메리카 연방의 특별예산위원회가 있었는데, 여기서 멘도자 교수는 잊지 못할 인상을 심어 줬다.

레드스톤 의원: 멘도자 교수님, 꼬마닭에 대해 들어보신 적이 있습니까?

멘도자 교수: 아뇨. 없습니다, 의장님.

레드스톤 의원: 에, '하늘이 떨어진다. 하늘이 떨어진다.' 하고 외치며 뛰어다니는 동화 속 인물입니다. 이 얘기를 들으면 교수님의 동료 몇 분이 생각나더군요. 저는 우주 파수대 계획에 대한 교수님의 견해는 높이 평가합니다. 제 말이 무슨 뜻인지는 잘 아시리라 생각합니다만.

멘도자 교수: 물론입니다, 의장님. 저는 운석 충돌로 생긴 흉터가 수천 개나 있는 세상에서 살고 있고, 그중 일부는 지름이 수백 킬로미터나 되지요. 옛날에는 지구에도 흔했는데, 저희가 만들어 보려고 노력 중이지만 아직 화성에는 없는 바람과 비가 없애 버렸지요. 하지만 아직도 그대로 남아 있는 사례가 있습니다. 애리조나에요.

레드스톤 의원: 압니다. 알고 있어요. 그 우주 파수꾼이라는 사람들이 항상 그 운석 충돌구를 지적하지요. 그 경고를 얼마나 심각하게 받아들여야 하는 겁니까?

멘도자 교수: 아주 심각하게 받아들여야 합니다, 의장님. 조만간 다시 대충돌이 일어날 겁니다. 제 분야는 아니지만 통계 자료를 찾아드리지요.

레드스톤 의원: 저는 이미 통계 자료에 빠져 죽을 지경입니다. 하지만 교수님의 사려 깊은 의견은 존중해드리겠습니다. 그리고 몇 시간 뒤에 원저 대통령과 만나야 하는 상황에서도 급히 드린 요청에 응해 주셔서 감사합니다.

멘도자 교수: 감사합니다, 의장님.

레드스톤 의원은 그 젊은 과학자에게 깊은 인상을 받으며 마음을 빼앗겼지만, 아직 설득되지는 않았다. 마음이 바뀐 건 논리의 문제가 아니었다. 멘도자 교수는 끝내 버킹엄 궁전으로 가는 약속을 지키지 못했다. 교수는 런던으로 가던 도중 외골격 제어 시스템에 기능 장애가 일어나는 이상한 사고로 세상을 떠났다.

레드스톤 의원은 즉시 우주 파수대 계획에 대한 반대를 철회하고 다음 단계로 이행하는 예산을 승인하는 쪽에 표를 던졌다. 훗날 노인이 된 레드스톤 의원은 측근 한 명에게 이렇게 말했다. "이제 곧 멘도자 교수의 두뇌를 액화 질소탱크에서 꺼내 컴퓨터를 통해서 이야기할 수 있을 거라고 하더군. 그 사람이 지난 세월을 어떻게 생각하고 있을지 궁금하다네…."

제 2 부

8

기회와 필요

이 이야기는 수 세기에 걸쳐 이라크의 저잣거리에서 전해 내려온 매우 슬픈 이야기다. 그러므로 웃지 말아 주시길.

압둘 하산은 위대한 칼리프*의 치세하에 있던 카펫 장인으로, 칼리프는 압둘의 숙련된 기술을 높이 사고 있었다. 그러던 어느 날, 압둘이 궁정에서 작품을 소개하고 있을 때 끔찍한 재앙이 일어났다.

하룬 알 라시드** 앞에서 허리를 숙여 절을 하다가 그만 방귀를 뀌고 말았던 것이다.

그날 밤 그 카펫 장인은 가게 문을 닫고 가장 귀중한 작품

---

* 이슬람 제국 주권자의 칭호로, 사전적 의미는 '신의 사도의 대리인'이다.
** 786~809년에 재위한 아바스 왕조의 제5대 칼리프로《천일야화》에 등장한다.

몇 점을 낙타 한 마리에 실은 채 바그다드를 떠났다. 이후 몇 년 동안 직업은 고수했지만 이름을 바꾼 채 시리아, 페르시아, 이라크 영토를 방랑했다. 도피에 성공하긴 했지만, 압둘은 고향이 늘 그리웠다.

노인이 된 압둘 하산은 이제 다들 그 불명예를 잊어버렸을 테니 고향에 돌아가도 괜찮겠다고 생각했다. 사원의 탑이 시야에 들어올 무렵 밤이 찾아오자 압둘 하산은 부근의 여관에서 쉬고 아침에 도시로 들어가기로 했다.

주인은 수다스러우면서도 호감 가는 사람이었다. 압둘 하산은 떠나 있는 동안 일어난 일에 대한 질문을 즐겁게 퍼부었다. 함께 궁정의 추문에 관해 이야기하며 웃다가 압둘 하산이 무심코 물었다. "그게 언제 일어난 일이죠?"

여관 주인은 기억을 더듬느라 잠시 말을 멈추고 머리를 긁적였다.

"날짜는 확실히 모르겠네요." 주인이 말했다. "하지만 압둘 하산이 방귀 뀐 지 대략 5년 뒤의 일이에요."

카펫 장인은 두 번 다시 바그다드로 돌아오지 않았다.

✳

짧은 시간 동안 일어난 사소한 사건이라도 한 사람의 인생을 완전히 바꾸어 놓을 수 있다. 가끔은 그 변화가 좋은 건지 나쁜 건지, 심지어는 마지막 순간에조차 결론 내리기 어려울 때가 있다. 누가 알 것인가. 압둘 하산이 본의 아닌 자신의 행동 덕분에 생명을 구했을지도 모르는 일이었다. 바그다드에 남아 있었다면, 암살을 당했을 수도 있었다. 아니면 칼리프의 냉대를 받다가 사형집행인의 능숙한 봉사를 받는 더 나쁜 일이 벌어졌을 수도 있었다.

25세의 생도였던 로버트 싱이 흔히 '아리텍'이라고 부르는 아리스타르코스* 우주공과대학에서 마지막 학기를 시작했을 때, 만약 누군가가 싱이 곧 올림픽 경기에 참가하게 될 거라고 했다면 아마 웃었을 것이다. 지구로 돌아갈 수 있는 선택권을 유지하고자 하는 다른 모든 달 거주민과 마찬가지로 싱도 정기적으로 아리텍의 원심분리기에서 하이 G 운동을 했다. 지루했지만, 대부분 학습 과정과 연계가 돼 있었기 때문에 완전한 시간 낭비는 아니었다.

그러던 어느 날, 학장이 사무실로 싱을 불렀다. 마지막 학기를 남겨둔 학생을 충분히 놀라게 할 만한 뜻밖의 일이었다. 하지만 학장은 기분이 좋아 보였고, 싱은 안도했다.

"싱 군, 자네의 학과 성적은 그리 뛰어나지는 않아도 만족할 만한 수준이네. 하지만 지금 그 이야기를 하려는 건 아니야. 자네는 모르고 있을 수 있지만, 신체검사 결과에 따르면 자네는 질량/에너지 비율이 대단히 좋은 상태야. 그래서 우리는 자네가 이번 올림픽에 대비해 훈련에 들어가 줬으면

---

* 기원전 3세기경의 그리스 천문학자로 최초로 지동설을 주장했고, 그가 추정한 달의 지름은 오늘날의 측정치와 비슷하다. 달에서 가장 거대한 크레이터 중 하나에 그의 이름이 붙여졌다.

하고 있네."

싱은 놀랐지만, 특별히 기쁘지는 않았다. 첫 반응은 '제가 어떻게 시간을 낼 수 있겠습니까?'였다. 하지만 거의 동시에 다른 생각이 떠올랐다. 운동 경기에서 얻은 성과로 학과 성적에서 모자란 부분을 슬쩍 넘어갈 수도 있었다. 이런 취지의 유서 깊고 명예로운 전통이 있었으니까.

"감사합니다, 학장님. 잘 봐 주셔서요. 그러면 전 아스트로돔으로 옮겨야겠군요."

플라톤 충돌구 동쪽 벽 근처의 충돌구를 덮고 있는 3킬로미터 너비의 지붕은 달에서 가장 큰 단일 공간을 둘러싸고 있었고, 인력 비행기를 즐기는 인기 있는 장소였다. 몇 년 동안 이를 올림픽 종목으로 만들자는 이야기가 있었지만, 행성올림픽위원회는 선수가 날개를 사용해야 할지 프로펠러를 사용해야 할지 결정하지 못하고 있었다. 싱은 아스트로돔에 갔을 때 잠깐이지만 둘 다 해 본 적이 있었다.

놀랄 일은 또 있었다.

"자네는 비행하는 게 아닐세, 싱 군. 달리기를 하게 될 거야. 달 표면에서 말이지. 아마 무지개만(灣)을 가로지르게 될 걸세."

*

프레이다 캐럴은 달에 고작 몇 주간 머물렀을 뿐이지만, 이제는 신기한 느낌도 별로 없었고, 그저 집에 가고 싶었다.

처음에는 6분의 1 중력에 익숙해질 수가 없었다. 어떤 방문객은 끝까지 익숙해지지 못했다. 때로는 천장에 부딪히면서 캥거루처럼 껑충껑충 뛰어 앞으로 조금씩 움직이거나, 한 발 한 발을 질질 끌듯이 천천히 내디디면서 움직였다. 현지인들이 그런 사람을 '지구벌레'라고 부를 만했다.

지질학을 공부하는 학생으로서도 캐럴은 달에 실망했다. 물론 백 번을 살아도 모자랄 정도로 지질학(정확히는 월질학이라고 해야겠지만)을 연구할 수는 있었다. 다만 달에서는 관심 있는 곳에 가는 게 힘들었다. 지구처럼 망치와 휴대용 질량분석계를 갖고 돌아다니기만 하면 되는 게 아니라, 캐럴이 끔찍이 싫어하는 우주복을 입거나 로버에 앉아서 원격 조정을 해야만 했는데 이것도 마찬가지로 싫었다.

캐럴은 아리텍의 긴 터널과 지하 시설을 이용해서 달 표면의 상층부 100미터를 조사할 수 있기를 바랐지만, 그런 행운은 따르지 않았다. 터널을 뚫는 데 썼던 강력한 레이저는 바위와 달의 표토를 녹여 거울처럼 매끄럽게 아무 특징도 없이 만들어 놓았던 것이다. 당연히 단조로워진 터널이나 복도에서는 길을 잃기가 쉬웠다.

'절대 출입 금지!'
'제2급 로봇 전용!'
'수리를 위해 폐쇄함'
'주의: 공기가 좋지 않으므로 호흡 장치를 사용할 것'

이와 같은 표지판이 수도 없이 달린 것도 캐럴이 지구에서 즐겼던 탐험을 장려하지 않았다.

캐럴은 평소처럼 길을 잃었다. 지하 2층 3번 구역으로 연결된 문을 열고 조심스럽게 발을 들여놓았다. 그러나 그 정도로는 부족했다.

캐럴은 발을 들여놓자마자 빠르게 움직이는 커다란 물체에 부딪혀 방금 들어온 널찍한 복도 한쪽으로 빙글빙글 돌며 날아갔다. 잠시 방향감각이 완전히 사라졌다. 몇 초 뒤에야 캐럴은 자신을 추스르고 다친 곳이 없나 확인했다.

부러진 곳은 없는 것 같았지만, 조만간 왼쪽 옆구리에 꽤 아픈 멍이 생길 것 같았다. 놀랐다기보다는 화가 나서 피해의 원인을 찾아 둘러보았다.

그때 옛날 만화책에서나 나왔을 법한 존재가 다가오고 있었다. 분명히 사람이었고, 발레리나가 입는 레오타드처럼 딱 달라붙는 은빛의 우주복에 싸여 있었다. 머리는 어울리지 않게 큰 헬멧에 가려 있어서 캐럴은 거울 같은 헬멧 표면에 비친 자신의 왜곡된 모습밖에 볼 수 없었다.

캐럴은 설명이나 사과의 말을 기다렸다(하지만 다시 생각해보면 자기 자신이 좀 더 조심해야 했을지도 몰랐다). 그 사람이 미안하다는 듯 손을 내밀며 가까이 다가오자 숨죽인 듯한 남자 목소리가 간신히 들렸다.

"정말 미안합니다. 다치지 않으셨으면 좋겠네요. 여기는 아무도 안 오는 줄 알았습니다."

캐럴은 헬멧 안을 들여다보려고 했지만, 얼굴은 완전히 가려져 있었다.

"괜찮은 것 같아요."

우주복(이렇게 생긴 건 처음이었지만 이게 우주복이 아니라면 도대체 무엇이겠는가?)에서 나오는 목소리는 미안해하는 듯했고 살짝 매력적이기도 했기 때문에 캐럴의 화도 금방 수그러들었다.

"제가 다치게 하거나 장비를 고장 낸 게 아니면 좋겠네요."

이제 미지의 사내는 아주 가까이 다가와서 우주복이 거의 닿을 듯했다. 캐럴은 남자가 자신을 유심히 살펴보고 있음을 알 수 있었다. 상대는 자신을 볼 수 있는데, 자기는 상대를 볼 수 없다는 건 불공평해 보였다. 그 순간 캐럴은 상대의 모습이 아주 궁금하다는 사실을 깨달았다.

＊

몇 시간 뒤 아리텍의 카페테리아에 앉은 캐럴은 실망하지 않았다. 로버트 싱은 아직 그 사고 때문에 당황한 듯 보였지만, 예상하는 이유 때문만은 아니었다. 캐럴이 아마 괜찮을 거라고 안심시키자 싱은 명백히 좀 더 중요한 주제로 이야기를 돌렸다.

"그 우주복은 아직 실험 중이에요." 싱이 설명했다. "생명유지장치도요. 그래서 안전한 실내에서 하고 있었죠! 다 잘된다면 다음 주에 실외에서 시도해 볼 거예요. 하지만 문제가 있는데, 음, 바로 보안이에요. 클라비우스 산업은 확실히 참가할 테고, 달 뒷면의 치올콥스키 연구소는 생각 중이죠. 지구의 MIT와 캘텍, 가가린센터도 그렇고요. 하지만 그쪽은 별로 중요하지 않아요. 경험이 없거든요. 지구에서 제대로 훈련할 수 있을 리가 없으니까요."

캐럴은 육상에 흥미가 전혀 없다시피 했지만, 순식간에 그 주제에 끌리고 있었다. 혹은 로버트 싱에게.

"누가 당신의 설계를 도용할까 봐 그러는 건가요?"

"맞아요. 이게 만약 바라는 대로 제대로 되기만 하면 선외 활동복에 혁신을 일으키는 것이거든요. 적어도 단기 임무에서는요. 우리는 아리텍이 그 공로를 세우기를 바라고 있어요. 100년이 지났어도 우주복은 아직도 볼품없고 불편해요. 오래된 농담 아시죠? '부끄러워서 이 꼴로는 절대로 죽을 수가 없다.'"

정말로 오래된 농담이었지만, 캐럴은 의무적으로 웃었다. 그러고 나서는 진지해지더니 새로 사귄 친구의 눈을 똑바로 들여다보았다.

"당신이 위험한 일을 하지 않으면 좋겠어요." 캐럴이 말했다.

인생에서 고작 두 번째인가 세 번째로 사랑에 빠졌다는 걸 안 건 그때였다.

＊

MIT에 있는 첩자가 들통나서 보란 듯이 찰스강에 내던져 지는 망신을 당하는 바람에 이미 다소 낙담하고 있던 학장은, 싱이 새 룸메이트를 얻은 일을 그리 반기지 않았다.

"시합이 시작하기 적어도 3일 전에는 그 친구를 현장 실습에 보내버리고 말겠네." 학장은 협박했다.

그러나 좀 더 생각해 본 뒤에는 마음을 누그러뜨렸다. 운동선수의 성과를 결정하는 데는 심리적 요소도 생리적 요소만큼이나 중요했다.

이제 마라톤 경기 전에 캐럴이 쫓겨날 일은 없었다.

9

무지개만

우아한 호를 그리는 무지개만은 달의 모든 지형 중에서도 가장 아름다운 축에 속한다. 지름은 300킬로미터로, 전형적인 충돌구 평야의 남은 반쪽인데 북쪽 가장자리는 30억 년 전 비의 바다에서 범람한 용암이 통째로 쓸어가 버렸다. 용암이 파괴하지 못하고 남은 반원은 서쪽에서 높이가 몇 킬로미터에 달하는 헤라클리데스 절벽에 막혀 끝난다. 이곳의 수많은 언덕은 때때로 짧지만 아름다운 환경을 만들어 내곤 한다. 달이 만월을 향해 열흘이 차서 헤라클리데스 절벽이 여명을 맞으면 지구에서는 가장 작은 망원경으로도 몇 시간 동안 서쪽으로 머리를 펄럭이는 젊은 여자의 윤곽을 볼 수 있다. 이 그림자가 그리는 달의 여인은 태양이 떠오르면서 점점 모양이 변하다가 마침내 사라져 버린다.

그러나 달의 첫 번째 마라톤 참가자들이 절벽 아래에 모였을 때는 태양이 떠 있지 않았다. 사실 자정에 가까운 시각이었다. 둥그렇게 가득 찬 지구가, 보름달이 지구에 비추는 것보다 50배나 밝은 시퍼런 광휘를 이 땅에 드리우고 있었다. 그 빛은 하늘에서 별을 몰아냈다. 자세히 보면 목성만 서쪽 낮은 곳에서 희미하게 빛났다.

싱은 대중 앞에 서본 경험이 없었다. 그렇지만 세 행성과 열 곳이 넘는 위성에서 사람들이 경기를 보고 있다는 사실에 특별히 긴장하지는 않았다. 24시간 전 캐럴에게 말했듯이 싱은 장비에 대해 완벽하게 자신하고 있었다.

"음, 얼마 전에야 시연해봤을 뿐이잖아." 캐럴이 꿈꾸는 듯한 목소리로 말했다.

"고마워. 하지만 난 경기가 끝날 때까지는 그게 마지막이라고 학장님하고 약속했어."

"약속 안 했잖아!"

"실제로는 아니지만, 그건 음…, 신사 간의 암묵적인 동의라고나 할까."

캐럴은 갑자기 심각해졌다.

"난 당연히 당신이 이기면 좋겠어. 하지만 잘못된 게 있을까 봐 그게 더 걱정돼. 이 우주복을 제대로 시험해 볼 시간도 충분하지 않았잖아."

캐럴의 말은 전적으로 옳았다. 그러나 싱은 그 사실을 인정해서 캐럴을 불안하게 만들 생각이 없었다. 아무리 사전에 시험을 미리 한다고 해도 장비가 잘못될 가능성은 언제나 존재했다. 그러나 실제로 위험할 건 없었다. 월면 로버 편대가 따라올 테고, 보도진이 탄 관측용 차량, 치어리더와 코치가 탄 월면 지프도 있었다. 무엇보다 가장 중요한 재압력실과 응급요원을 갖춘 구급차는 몇백 미터 이상 떨어져 있지 않을 것이다.

싱은 아리텍의 밴에서 장비를 갖추면서 누가 가장 먼저 낙오해서 구출될지 궁금했다. 선수 대부분은 불과 몇 시간 전에 만나서 행운을 빈다는 의례적인 인사를 교환했다. 원래는 참가자가 11명이었지만, 4명이 포기해서 아리텍, 가가린, 클라비우스, 치올콥스키, 고다드, 캘텍, 그리고 MIT가 남았다. 아직 나타나지 않은 MIT 선수는 로버트 스틸이라는 이름의 다크호스였는데, 앞으로 10분 안에 모습을 드러내지 않으면 자격을 잃게 된다. 경쟁자를 혼란스럽게 하려는 교활한 수법이거나 우주복이 자세히 검사받는 것을 막기 위한 전략일지도 몰랐지만, 이 시점에서는 큰 차이가 없을 것이다.

"호흡은 어때?" 헬멧을 밀폐한 뒤 싱의 코치가 물었다.

"정상이에요."

"자, 지금은 힘을 쓰지 말라고. 필요하다면 조절기가 산소의 흐름을 열 배까지 올려줄 수 있어. 이제 에어록으로 가서 기동성을 확인…."

"MIT 팀이 방금 도착했습니다." 행성올림픽위원회의 입회인이 공용 회선을 통해 공지했다. "마라톤은 15분 뒤에 시작합니다."

*

"모든 시스템이 정상인지 확인해 주십시오." 출발 신호원의 목소리가 나지막하게 싱의 귀에 들려왔다. "1번?"

"정상."

"2번?"

"네."

"3번."

"문제없습니다."

그러나 캘텍에서 온 4번 선수에게서는 응답이 없었다. 캘텍의 여성 선수는 매우 어색한 동작으로 출발선에서 내려왔다.

여섯 명만 남았군. 싱은 순간 안타까운 기분을 느끼며 생각했다. 지구에서 여기까지 오는 동안 어떤 불운이 있으려나 했는데 마지막 순간에 기능 장애라니! 하지만 그 아래에서는 적절한 시험이 불가능했다. 어떤 시뮬레이터도 충분히 넓을 수가 없었다. 여기 달에서는 그냥 에어록을 통해 밖으로 나가기만 하면 누구라도 만족할 만한 진공 상태를 얻었다.

"카운트다운 시작합니다. 10, 9, 8…."

마라톤은 출발선에서 승패가 갈리는 종목이 아니었다. 싱은 출발 신호가 들리고 나서도 앞으로 나갈 각도를 세심하게 측정하는 여유를 부렸다.

여기에는 수학이 많이 쓰였다. 아리텍의 컴퓨터는 이 문제에 거의 1천 분의 1초를 썼다. 지구의 6분의 1밖에 안 되는 중력이 가장 중요한 요소였지만, 그것 하나뿐일 수는 없었다. 우주복의 강도, 산소 섭취량의 최적 비율, 열부하, 피로 등 수많은 요소를 고려해야 했다. 그리고 사람이 달을 처음으로 밟았던 시절까지 거슬러 올라가는 오래된 논쟁을 해결해야 했다. 어떤 방법이 더 좋은가. 껑충껑충 뛰는 것? 아니면 멀리 뛰는 것?

둘 다 괜찮은 방법이었지만, 지금 싱이 하려는 건 전례가 없는 일이었다. 지금까지 우주복이란 부피가 커서 기동성을 제한하는 물건이었다. 입는 사람에게도 너무 무거워서 출발하려면 힘을 써야 했고, 때로는 멈출 때도 비슷하게 힘이 들어갔다. 그러나 이 우주복은 아주 달랐다.

싱은 경기 전에 어쩔 수 없이 한 인터뷰에서 비밀을 드러내지 않으면서 그 차이점을 설명하려고 노력했다.

"어떻게 그렇게 가볍게 만들었냐고요?" 싱은 첫 번째 질문에 대답했다. "어, 낮에 쓰려고 설계한 게 아니거든요."

"그게 무슨 상관인 거죠?"

"그러면 열 폐기 장치가 필요 없어요. 낮에는 태양에서 1킬로와트 이상을 받게 되니까요. 그래서 밤에 경주하는 겁니다."

"아, 사실 그게 궁금했습니다. 그런데 너무 춥지는 않을까요? 달의 밤은 영하 100도 아래로 내려가지 않나요?"

싱은 그런 단순한 질문에 나오는 웃음을 억지로 참았다.

"우리 몸에서 열이 충분히 나오거든요. 달에서도 마찬가지죠. 게다가 마라톤을 한다면, 필요한 것보다 훨씬 많이 열이 나와요."

"그런데 정말로 뛸 수 있나요? 미라처럼 싸인 채로요?"

"두고 보시죠!"

싱은 스튜디오 안에 있었기 때문인지 자신 있게 말했다. 그런데 이제 불모의 달 평원에 서 있으니 '미라처럼'이라는 말이 떠올라서 걱정됐다. 그다지 기분 좋은 비유는 아니었다.

사실 그게 실제로 정확한 비유라고 스스로 위안으로 삼았다. 싱은 붕대에 싸인 게 아니라 몸에 꼭 끼는 (하나는 활동적이고, 하나는 그렇지 않은) 의복 두 벌에 싸여 있었다. 면으로 만든 안쪽 의복은 목부터 발목까지 감쌌고, 그 안에는 땀과 여분의 열을 나르는 좁은 다공성 튜브가 빽빽하게 그물망을 이루었다. 그 위로는 고무 비슷한 물질로 만든, 튼튼하면서도 매우 유연한 외부 보호복이 180도의 시야를 제공하는 헬멧에 고리 모양의 장치로 붙었다.

"왜 사방을 다 볼 수 없죠?"

디자인을 보고 싱이 코치에게 물었을 때, 코치는 당연하다는 듯 답했다.

"달릴 때는 절대 뒤를 돌아보면 안 돼."

이제 진실의 시간이었다. 싱은 가능한 한 힘을 조금만 쓰면서 두 다리를 함께 움직여 위쪽을 향해 낮은 각도로 몸을 날렸다. 2초도 채 지나지 않아 싱은 궤도의 정점에 이르렀으며, 달 표면 위 4미터쯤 되는 높이에서 지면과 평행하게 움직였다. 반세기 동안 높이뛰기 기록이 3미터 아래에 머물러 온 지구에서였다면 신기록이었을 것이다.

잠시 시간이 아주 천천히 흘러갔다. 끊어지는 곳 없이 둥근 곡선을 그리는 지평선까지 펼쳐진 광대하고 빛나는 평야가 눈에 들어왔다. 오른쪽 어깨너머로 비치는 지구의 빛 때문에 무지개만이 하얀 눈밭처럼 보이는 기이한 환영(幻影)이었다. 다른 선수들은 모두 낮은 포물선을 따라 일부는 상승하고 일부는 하강하면서 싱을 앞서 달리는 중이었다. 그중 한 명은 거꾸로 떨어지고 있었다. 싱은 적어도 그런 당황스러운 계산 착오는 저지르지 않았다.

싱은 작은 먼지 구름을 일으키며 발부터 착지했다. 운동량 때문에 몸이 앞으로 기울어짐에 따라 알맞은 각도가 될 때까지 다시 뛰어오르지 않고 기다렸다.

금세 요령을 터득할 수 있었는데, 월면 경주의 비결은 너무 높이 뛰지 않는 것이었다. 그랬다가는 너무 가파르게 내려오거나 충돌 시에 운동량을 잃게 된다. 몇 분 동안 시험해 본 뒤 싱은 올바른 절충안을 찾아서 안정된 리듬을 탔다. 속도가 어느 정도지? 이렇게 아무 특색이 없는 지형에서는 알 방법이 없었다. 하지만 첫 1킬로미터 지점을 알리는 표지판까지 절반 이상을 온 상태였다.

더 중요한 건 싱이 다른 모두를 따라잡았다는 점이었다. 100미터 안쪽으로 아무도 없었다. '절대 뒤돌아보지 말 것'이라는 충고에도 불구하고 싱은 다른 경쟁자를 확인하는 여유를 누릴 수 있었다. 경주에 남은 인원이 고작 세 명뿐이라는 사실을 깨닫고도 놀랍지는 않았다.

"여기는 점점 외로워지고 있는데요." 싱이 말했다. "무슨 일이죠?"

개인 회선으로 알고 있었지만 사실 미심쩍었다. 다른 팀과 보도진도 거의 확실히 듣고 있을 것이다.

"고다드 대학은 뭐가 천천히 새고 있었어. 자네 상태는 어때?" 코치가 물었다.

"상태 7입니다."

누군가가 듣고 있었다면 무슨 뜻인지 궁금했을 것이다. 상관없었다. 7은 행운의 수였고, 싱은 경주가 끝날 때까지 이 신호를 계속 쓸 수 있기를 바랐다.

"1킬로미터가 막 지났어." 귀에 목소리가 들렸다. "4분 10초 경과. 2번이 50미터 뒤에서 간격을 유지하고 있어."

'난 그보다는 더 잘해야 해.' 싱은 생각했다. '지구에서도 1킬로미터를 4분에 뛰는 건 아무나 할 수 있어. 하지만 난 이제 막 제대로 뛰기 시작했다고.'

2킬로미터 지점에서 싱은 안정적이고 편안한 리듬을 확립했다. 그리고 1킬로미터를 4분 안쪽으로 주파했다. 불가능하겠지만, 이 속도를 계속 유지한다면 3시간 안에 결승선에 도착할 수 있을 것이다. 42킬로미터를 달리는 전통적인 마라톤을 달에서 하면 시간이 얼마나 걸릴지 아무도 알지 못했다. 아주 낙관적인 2시간에서 10시간까지 온갖 추측이 난무했다.

싱은 최소한 5시간 안에 해낼 수 있기를 바랐다. 우주복은 설명한 대로 작동하는 듯했다. 움직임을 과도하게 제한하지 않았고, 산소발생기는 싱의 폐가 요구하는 양만큼 산소를 만들어 냈다. 싱은 슬슬 즐기기 시작했다. 이건 단순한 경주가 아니었다. 체육의 새 지평을, 어쩌면 그보다 많은 것을 여는 인류의 새로운 경험이었다.

50분 뒤, 10킬로미터 지점에서 싱은 축하 메시지를 받았다.

"잘하고 있어. 또 한 명이 낙오했어. 치올콥스키 연구소야."

"무슨 일이죠?"

"신경 쓰지 마. 나중에 이야기해줄게. 그 친구는 괜찮으니까."

싱은 대충 짐작이 갔다. 훈련 초기에 우주복을 입은 채로 멀미를 할 뻔한 적이 있었다. 불유쾌한 죽음에 이를 수도 있기에 절대 사소한 문제는 아니었다. 산소배출량과 온도를 올려서 격퇴했지만, 그에 앞선 차고 끈적한 느낌을 싱은 기억하고 있었다. 그 증상의 원인은 끝내 알아내지 못했다. 신경성이었을 수도 있고, 마지막으로 먹은 식사에(부드럽고 열량이 높았지만, 완전한 위생설비를 갖춘 우주복이 거의 없는 점을 고려해 찌꺼기를 별로 남기지 않았다) 뭔가 들어 있었을지도 몰랐다.

싱은 아무 짝에 쓸모없는 생각에 빠지지 않으려고 코치를 불렀다.

"쉽게 끝날 수도 있을 것 같네요. 이 상태만 유지한다면요. 이미 세 명이 낙오했고, 우리는 이제 시작이니까요."

"자만하지 마, 싱. 토끼와 거북이 이야기를 생각하라고."

"어떤 이야기인지 들어본 적은 없지만, 무슨 소린지는 알 겠어요."

15킬로미터 지점에서 싱은 우화의 결말을 좀 더 명확히 알 수 있었다. 한동안 싱은 왼쪽 다리가 뻣뻣해지는 느낌을 받았다. 땅에 내려올 때 다리를 굽히면 더 심해졌다. 그리고 이어지는 도약에서 균형을 잃는 경향이 있었다. 지쳐가고 있는 게 분명했다. 하지만 그건 예상했던 일이었다. 우주복은 아직 완벽히 작동했고, 따라서 실질적인 문제는 전혀 없었다. 잠시 멈춰서 쉬는 것도 좋은 생각 같았다. 휴식을 금지하는 규칙은 없으니까.

싱은 달리기를 멈추고 주위를 둘러보았다. 동쪽으로 보이는 헤라클리데스의 봉우리가 조금 낮다는 점만 빼면 거의 변한 게 없었다. 월면 지프, 구급차, 관측용 차량 같은 수행 인원은 이제 세 명으로 줄어든 선수와 적당한 거리를 둔 채 뒤에서 따라왔다.

싱은 클라비우스 산업과 다른 참가자 한 명이 아직 경주에 남아 있는 걸 보고도 놀라지 않았다. 전혀 예상하지 못했던 건 MIT에서 온 지구벌레가 계속 선전하고 있다는 사실이었다. 이름과 성의 첫 글자가 자신과 같다는 건 참 신기한 우연이었지만, 로버트 스틸은 클라비우스보다도 앞서 있었다. 제대로 된 연습을 했을 리는 없었다. MIT의 공학자들은 현지인이 모르는 뭔가를 알고 있는 걸까?

"자네 괜찮나, 싱?" 코치가 걱정스럽게 물었다.

"아직 상태 7이에요. 그냥 잠깐 쉬는 거예요. 그런데 MIT가 의외네요. 아주 잘하고 있는데요."

"그래, 지구인치고는. 그런데 내가 뒤를 돌아보지 말라고 한 걸 기억해. 저 친구는 우리가 지켜볼 테니까."

관심은 가지만 걱정되지는 않았다. 싱은 통상적인 복장으로는 전혀 동작이 불가능한 운동에 잠시 집중했다. 심지어 억겁의 세월 동안 운석의 폭격을 받아 곱게 갈린 달의 최상층 표토에 누워서 보이지 않는 자전거를 타듯 몇 분 동안 힘차게 페달을 밟는 동작을 하기도 했다. '이것도 여기 달에서는 최초로 하는 겁니다!' 싱은 관람객들이 자기 모습을 감상하기를 바랐다.

싱은 다시 일어서면서 잠시 뒤를 돌아보고 싶은 충동을 억누르지 못했다. 클라비우스는 300미터는 족히 떨어진 곳에서, 거의 지친 게 분명해 보이는 몸놀림으로 휘청거리고 있었다. '내 우주복을 설계한 사람이 그쪽보다는 낫군.' 싱은 속으로 중얼거렸다. '이러다가는 조금만 있으면 혼자 뛰게 생겼는걸.'

하지만 MIT에서 온 스틸 씨에 대해서는 완전히 틀린 생각이었다. 오히려 점점 더 가까워지고 있었다.

싱은 움직이는 방법을 바꿔서 다른 근육을 더 쓰고 경련이 일어날 가능성을 줄이기로 했다. 경련은 코치가 조심하라고 경고했던 위험 요소였다. 캥거루 도약은 효율적이고 빨랐지만, 땅 위를 퉁기듯이 큰 걸음으로 걷는 편이 더 편안하고 덜

피로했다. 단지 그게 더 자연스럽기 때문이었다.

그러나 20킬로미터 지점에서 싱은 모든 근육에 동등한 기회를 주기 위해 다시 캥거루 도약으로 바꿨다. 목도 말라서 헬멧 안의 편리한 위치에 달린 꼭지에서 과일주스를 몇 모금 빨아 마셨다.

22킬로미터가 남았다. 이제 경쟁자는 한 명뿐이었다. 클라비우스는 결국 포기하고 말았다. 첫 번째 월면 마라톤에 동메달은 없었다. 달과 지구의 결전이었다.

"축하하네, 싱." 몇 킬로미터가 지나자 코치가 웃으며 말했다.

"방금 인류에게 위대한 도약을 딱 2천 번 해냈어. 닐 암스트롱이 자네를 자랑스러워했을 거야."

"그걸 세고 있을 거라고는 생각 못 했는데, 알게 되니 좋네요. 사소한 문제가 하나 있어요."

"뭐지?"

"우습게 들리겠지만, 발이 점점 시려요."

너무 긴 침묵이 흐르자, 싱은 다시 한 번 반복해 말했다.

"잠시 확인하고 있었어, 싱. 걱정할 문제는 아닐 거야."

"그러면 좋겠네요."

그건 정말 사소한 문제 같았다. 하지만 우주에서 사소한 문제란 없다. 지난 10분에서 15분 동안 싱은 조금 불편했다. 단열이 안 되는 신발이나 부츠를 신고 눈 속을 걷는 느낌이었다. 그리고 그 느낌은 점점 심해지고 있었다.

종종 지구가 비추는 빛이 그런 환영을 만들어 내기는 했지만, 무지개만에는 분명히 눈이 없었다. 하지만 자정 무렵 이 지역의 표토는 겨울철 남극의 눈보다 훨씬 더 차가웠다. 적어도 영하 100도 정도.

그건 문제가 되지 않았어야 했다. 달의 표토는 열전도율이 아주 낮았고, 신발의 단열재는 싱을 충분히 보호해야 했다. 그게 제대로 안 되는 게 분명했다.

미안해하는 듯한 기침 소리가 헬멧 안에 울렸다.

"미안하네, 싱. 부츠의 깔창이 좀 더 두꺼웠어야 했던 것 같아."

"빨리도 얘기해 주시네요. 그래도 뭐, 견딜 수는 있어요."

20분이 지나자 그럴 수 있을지 확신할 수 없었다. 불편함이 점점 고통으로 변했고, 발은 꽁꽁 얼기 시작했다. 싱은 추운 기후에서 살아본 적이 없었기에 이건 색다른 경험이었다. 어떻게 해야 할지, 증상이 위험해지는 게 언제인지 확실히 알 수 없었다. 북극 탐험가는 발가락을, 혹은 사지를 잃을 위험을 무릅쓰지 않았던가? 불편함은 그만두고서라도 싱은 재생 병동에서 시간을 낭비하고 싶지 않았다. 발이 다시 자라는 데는 꼬박 일주일이 걸린다.

"무슨 일이지?" 코치가 근심스러운 목소리로 물었다. "뭔가 이상해 보이는데."

이상한 게 아니었다. 고통스러웠다. 표면에 발을 딛고 생명을 빨아들이는 듯한 치명적인 먼지 속에 파고들 때마다 아파서 소리치지 않으려고 의지력을 전부 쏟아부어야 했다.

"몇 분 쉬면서 생각 좀 해봐야겠어요."

싱은 부드러운 땅 위에 조심스럽게 앉으면서 냉기가 곧바로 우주복 위쪽을 통해 엄습하지 않을지 걱정했다. 하지만 그런 기미는 없었고, 싱은 안심했다. 아마 몇 분 정도는 안전할 테고, 달이 싱의 몸통을 얼려버리기 전에 여러 가지 징후를 느낄 수 있을 것이다.

싱은 두 다리를 들어 올리고 발가락을 굽혀 보았다. 적어도 발가락을 느낄 수는 있지만, 원하는 대로 움직이지 않았다.

이제 어떡하지? 관측용 차량을 탄 보도진은 싱이 미쳤거나 알 수 없는 종교의식을 하고 있다고 생각할 게 분명했다. 발바닥을 별에 바친다고 여기는 건 아니겠지. 싱은 기자들이 수많은 시청자를 향해 무슨 이야기를 하고 있을지 궁금했다.

벌써 느낌이 좀 더 편안해졌다. 발이 땅에 닿지 않은 상황이 되자 혈액 순환이 열 손실과 싸워 이기고 있었다. (그런데 기분 때문에 느낌이 이런 걸까? 아니면 등의 일부분이 정말로 살짝 차가워진 걸까?)

갑자기 불안한 생각이 들었다.

'나는 지금 밤하늘, 그러니까 우주 그 자체에 발을 덥히고 있는 셈이야. 학교 다니는 아이라면 누구나 알고 있듯이 절대온도가 3도밖에 되지 않잖아. 비교하자면 달의 표토는 끓는 물보다 뜨거운 셈이야.

내가 제대로 하고 있는 게 맞나? 확실히 내 발이 우주가 열

을 빼앗아가는 것에 맞서 지고 있는 것 같진 않아.'

무지개만 위에 거의 엎드리다시피 한 자세로, 간신히 보이는 별과 빛나는 지구를 향해 다리를 우스꽝스러운 각도로 치켜든 채, 싱은 이 소소한 물리학 문제에 대해 생각했다. 간단히 답을 내기에는 관련 요소가 너무 많겠지만, 어림짐작으로는 이 정도면 될 터였다….

이건 전도 대 복사의 문제였다. 우주복 신발의 구성물질은 후자보다 전자의 성질이 더 뛰어났다. 달의 표토와 접촉하고 있을 때는 싱이 만들어 내는 것보다 더 빨리 열을 잃었다. 하지만 텅 빈 우주 공간으로 발을 뻗자 상황은 역전됐다. 다행스럽게도 말이다.

"MIT가 자네를 따라잡고 있어, 싱. 움직이는 게 좋겠어."

싱은 끈질기게 뒤를 쫓는 자에게 감탄하지 않을 수 없었다. 은메달을 받을 만한 자격이 있었다. '하지만 금메달은 말도 안 되는 소리지. 이제 내가 간다. 앞으로 10킬로미터. 몇천 번만 뛰면 되겠군.'

처음 서너 번은 그리 나쁘지 않았다. 하지만 곧 다시 냉기가 스며들어오기 시작했다. 싱은 다시 한 번 멈추면 경주를 계속하지 못하리라는 사실을 알 수 있었다. 할 수 있는 일은 오로지 이를 갈며 의지력으로 고통을 이겨내는 척하는 것뿐이었다. 어디서 그런 완벽한 예를 보았더라? 기억 속에서 답을 찾아낼 때까지 싱은 고통스럽게 1킬로미터를 더 답파했다.

생각이 났다. 몇 년 전 지구의 어떤 종교의식에서 불 위를 걷는 장면이 담긴 한 세기 묵은 영상을 본 적이 있었다. 빨 갛고 뜨거운 숯으로 채운 긴 구덩이가 있었고, 신도들은 모 래 위를 걸을 때보다 별달리 걱정스러워하지도 않는 표정으 로 느릿느릿하고 무심하게 한쪽 끝에서 다른 쪽까지 걸었다. 그게 신앙의 힘을 입증한다고 볼 수는 없었지만, 용기와 자 기 확신을 보여주는 놀라운 실연이었다. 물론 싱도 할 수 있 었다. 지금 같은 상황에서는 오히려 불 위를 걷고 싶을 지경 이었다….

달에서 불 위를 걷다니! 그런 생각에 웃음이 절로 나왔고, 잠시 고통은 거의 사라졌다. '육체 위에 정신이 있다'라는 말 도 효과가 있었다. 적어도 몇 초 동안은 그랬다.

"이제 5킬로미터밖에 안 남았어. 잘하고 있어. 그런데 MIT가 따라잡고 있어. 쉬면 안 돼."

쉰다고? 싱은 정말로 쉬고 싶었다. 발에서 느껴지는 살에 는 통증이 다른 모든 것을 지배하고 있었기 때문에 점점 피 곤해져서 갈수록 앞으로 나가기가 어려워지고 있다는 사실을 간과하고 있었다. 싱은 도약을 포기했다. 그리고 지구에서라 면 충분히 인상적이겠지만 달에서는 한심스러워 보일, 느리 고 휘청거리는 걸음으로 타협을 보았다.

3킬로미터를 남겨놓았을 때 싱은 포기하고 구급차를 부르 려고 했다. 어쩌면 발을 온전히 보존하기에는 이미 늦었을 수 도 있었다. 그리고 한계에 이르렀다는 느낌이 든 바로 그때 모든 감각을 바로 앞의 땅에 집중하고 있지 않았더라면 진작

보았을 풍경이 눈에 들어왔다.

멀리 보이는 지평선은 더 이상 검은 우주와 작렬하는 대지 사이를 나누어 놓는 직선이 아니었다. 싱은 무지개만 서쪽 경계에 다가가고 있었고, 라플라스 절벽의 둥근 봉우리가 서서히 달이 그리는 곡선 위로 올라왔다. 그 풍경, 그리고 자신의 노력으로 이 산을 볼 수 있게 됐다는 사실은 싱으로 하여금 마지막 힘을 쏟아내게 했다.

이제 결승선을 제외하고는 아무것도 우주에 존재하지 않았다. 집요한 경쟁자가 별로 힘들어 보이지 않는 기색으로 속도를 내며 앞질러 갔을 때 싱은 고작 결승선에서 몇 미터 앞에 있었다.

✳

의식을 회복한 싱은 구급차 안에 누워 있었다. 고통스럽지는 않았지만, 온몸이 쑤셨다.

"당분간 너무 많이 걷지 말아요." 목소리는 몇 광년 밖에서 날아오는 것 같았다. "내가 여태까지 본 동상 중에서 최악이네요. 국부마취를 했어요. 그래도 아마 발을 새로 사야 할 필요는 없을 겁니다."

그 말은 좀 위로가 됐다. 하지만 그렇게 노력했는데도 손아귀에 들어온 것만 같았던 승리를 놓쳤다는 사실을 알게 됐을 때 느낀 쓸쓸함은 거의 보상이 되지 않았다. '승리가 가장 중요한 건 아니다. 그건 유일한 것이다.'라고 말한 사람이 누구였더라? 은메달을 따자고 이런 고생을 했던가.

"맥박은 정상으로 돌아왔어요. 기분이 어때요?"

"끔찍해요."

"그러면 이 말을 들으면 기분이 좋아질지도 모르겠군요. 준비됐어요? 좋은 일인데."

"한번 해봐요."

"당신이 우승했어요. 안 돼요. 일어나지 말아요!"

"어떻게…, 뭐라고요?"

"행성올림픽위원회는 노발대발인데, MIT는 배가 터져라 웃고 있어요. 경기가 끝나자마자 MIT는 '로버트 스틸'이 사실은 로봇이었다고 밝혔어요. 다목적 인간형 로봇 마크 9래요. 1등을 하는 게 당연하죠! 그래서 당신이 한 일이 더욱 인상적이게 됐어요. 축하 인사가 쏟아져 들어오고 있어요. 당신은 유명해졌어요. 좋아할지 아닐지 모르겠지만."

*

유명세는 오래 가지 않았지만, 금메달은 싱의 인생에서 가장 귀중한 소지품 가운데 하나였다. 그런데도 싱은 8년 뒤 제 3회 월면 올림픽이 열릴 때까지 자신이 무엇을 시작했는지 깨닫지 못하고 있었다. 그때는 이미 우주 의료진이 심해잠수부가 쓰는 '액체 호흡', 즉 산소포화용액으로 폐를 채우는 기술을 빌려온 뒤였다.

그리하여 월면 마라톤 제1회 우승자도 태양계 이곳저곳에

사는 인류의 대부분과 함께 칼 그레고리우스가 진공 방지 기술의 힘을 빌려 3천 년 전 첫 번째 올림픽에 참가한 자신의 그리스 선조만큼이나 벌거숭이에 가까운 채로 1킬로미터를 2분에 주파하는 속도로 무지개만을 가로지르는 기록을 세우는 광경을 감탄하며 지켜봤다.

10

거주용 기계

의심스러울 정도의 높은 성적으로 아리텍을 졸업한 우주 비행 전문가 로버트 싱은 어렵지 않게 달과 지구를 오가는 정기선(흔히 '우유 배송'이라고 부르지만, 그 이유를 지금은 알 수 없다)의 추진 부문 보조기술자 자리를 구할 수 있었다. 그 일은 싱에게 아주 잘 맞았다. 이유인즉슨 그녀 자신에게도 놀라운 일이지만, 달이 흥미로운 곳이라는 사실을 캐럴이 깨달았기 때문이다. 캐럴은 지구에서 한 번 일어났던 '골드러시'에 상응하는 것을 달에서 찾아내 몇 년 더 머무르기로 했다. 그러나 사람들이 달에서 오랫동안 찾아온 건 이제 매우 흔해진 금속보다 훨씬 더 귀중한 물질이었다.

바로 물, 정확히는 얼음이었다. 오랜 세월에 걸친 운석 폭격과 가끔 일어났던 화산 활동이 달의 상층부 몇백 미터를 휘

저어놓은 탓에 표면에서는 물의 흔적이 액체, 고체, 기체를 막론하고 모두 사라졌지만, 지하 깊은 곳에는 아직도 희망이 있었다. 태양계 초기에 부스러기가 모여 달이 되었을 때부터 남아 있는 얼음 화석층이 있을지도 몰랐다.

월질학자 대부분은 순전한 환상이라고 생각했다. 그러나 감질나게 하는 실마리가 계속 나와 그 꿈이 계속 살아있을 수 있었다. 캐럴은 운 좋게 최초로 달 남극의 얼음 광산을 발견한 팀의 일원이 됐다. 이 발견은 달의 경제를 궁극적으로 바꿔 놓았을 뿐 아니라, 싱과 캐럴의 경제생활에도 즉각적이고 매우 유익한 효과를 가져왔다. 이제 두 사람은 '풀러홈'을 빌려 지구 어느 곳에서든 살 수 있을 정도로 충분한 크레딧을 가질 수 있었다.

지구. 두 사람은 앞으로도 오랜 기간을 다른 곳에서 보내고 싶었다. 하지만 아이도 몹시 갖고 싶었다. 만약 달에서 태어난다면 아이는 부모의 세상을 방문할 만한 체력을 절대 갖지 못할 것이다. 반면 1G 중력에서 임신하면 태양계 어디든 자유롭게 다닐 수 있었다.

두 사람은 또 처음으로 정착하는 곳은 애리조나 사막이어야 한다는 데 동의했다. 이제는 다시 붐비는 곳이 되고 있지만, 애리조나 사막에는 아직 캐럴이 조사할 수 있는 원래 그대로의 지질이 많이 남아 있었다. 그리고 화성과 가장 비슷한 곳이기도 했다. 화성은 캐럴이 농담 삼아 말한 대로 더 '망가지기 전에' 둘 다 언젠가는 다시 방문하기로 한 곳이었다.

더 어려운 문제는, 시중에 나와 있는 여러 가지 주택 모델 중에서 무엇을 고르느냐였다. 20세기의 위대한 공학자이자 건축가인 버크민스터 풀러의 이름을 땄으며, 풀러가 꿈꾸어 왔으나 살아서는 끝내 보지 못한 기술을 이용한 이 주택은 사실상 완전 자급식이었고 거주자를 거의 무한히 부양할 수 있었다.

동력은 밀폐된 100킬로와트짜리 퓨저*에서 얻었으며, 몇 년에 한 번씩 퓨저에 고농축 물만 채워주면 끝이었다. 제대로 설계한 가정에는 그 정도 에너지면 적당했고, 자살하려고 굳게 마음먹은 사람만 아니면 96볼트라는 직류전압에 감전사하지 않았다.

기술에 관심이 있는 고객이 '왜 96볼트인가?'라고 물으면 풀러 협회는 '공학자는 습관적인 동물이다', '불과 몇 세기 전에는 12볼트와 24볼트가 표준이었다', '만약 사람의 손가락이 10개가 아니라 12개였다면 산수가 훨씬 쉬워졌을 것이다'라며 끈기 있게 설명했다.

가장 쟁점이 되는 풀러홈의 특징인 음식 재순환 시스템을 사람들이 무리 없이 받아들이는 데는 거의 한 세기가 걸렸다. 물론 농업시대 초기에 수렵 채집인이 나중에 음식이 될 식물에 동물의 똥거름을 뿌리는 불쾌감을 극복하는 데는 훨씬 더 오래 걸렸을 것이다. 실용적인 중국인들은 한층 더 나아가 수

---

* 가정용 핵융합로

천 년 동안 자신의 배설물로 논을 비옥하게 만들었다.

그러나 음식에 대한 선입견이나 금기는 인간 행동을 규제하는 데 아주 강력한 힘을 발휘했고, 논리는 이를 극복하기에 충분하지 않을 때가 있었다. 깨끗한 태양 빛을 이용해 야외에서 배설물을 재순환하는 것과, 알 수 없는 전기장치로 집에서 하는 건 다른 문제였다. 오랫동안 풀러 협회는 헛된 논쟁을 계속했다. "신이라고 해도 탄소 원자 하나와 다른 탄소 원자를 구별해낼 수는 없다." 사람들은 대부분 그럴 수 있다고 확신했다.

하지만 결국, 언제나 그렇듯이 경제가 승리를 거뒀다. 두 번 다시 음식값을 걱정할 필요가 없고 홈브레인의 메모리 안에 사실상 무제한의 메뉴를 보유할 수 있다는 점은 저항하기 힘든 유혹이었다. 그래도 메스껍다면, 간단하지만 효과적인 장치를 이용해 극복했다. 바로 선택사항으로 제공하는 작은 정원이었다. 재순환 시스템은 정원 없이도 작동했지만, 해가 비치는 쪽을 바라보는 아름다운 꽃의 모습은 느글거리는 속을 진정시키는 데 도움이 됐다.

캐럴과 싱이 빌린(풀러 협회는 절대 판매를 하지는 않았다) 풀러홈의 이전 주인은 둘뿐이었다. 그리고 주요 장치가 고장 나기까지의 평균 보장 시간은 15년이었다. 그때쯤이면 활기 넘치는 십대도 수용할 수 있을 만큼 충분히 넓은 새 모델이 필요할 것이다.

여하튼, 두 사람은 브레인에게 이전 주인이 남겨놓은 평상

시의 인사말을 물어볼 여유도 갖지 못했다. 젊은 부부라면 으레 그렇듯이 두 사람의 생각과 꿈은 결코 끝나지 않을 것 같은 미래에 고정돼 있었다.

11

지구여, 잘 있거라

토비 캐럴 싱은 부모의 계획대로 애리조나에서 태어났다. 싱은 지구-달 정기선에서 계속 일했고, 선임기술자로 승진했다. 어린 아들과 한 번에 몇 달씩 떨어져 있고 싶지 않아서 화성으로 갈 기회도 거부했다.

캐럴은 지구에 남았는데, 사실상 거의 아메리카 연방을 떠나지 않았다. 현장 조사는 포기했지만, 데이터뱅크와 인공위성 영상으로 전과 다름없이, 아니 오히려 상당히 더 편하게 연구를 계속할 수 있었다. 이미지 가공 알고리듬이 망치를 대신한 뒤로 지질학이 더 이상 거친 남성의 일이 아니게 됐다는 말은 이제 오래된 농담이었다.

친근한 로봇 놀이 친구로는 충분하지 않다고 부모가 생각했을 때 토비는 세 살이었다. 바로 생각하기 쉬운 선택은 개였다. 돌연변이 스코티시 테리어(IQ 120이 보장되는 개였다)를 들이기로 거의 결정했을 즈음, 처음으로 미니호랑이 새끼가 나왔다. 첫눈에 마음에 쏙 들었다.

벵갈호랑이는 고양잇과 동물로 어쩌면 모든 포유류 중에서도 가장 아름다웠다. 21세기 초엽에 원래 서식지에서는 멸종했는데, 얼마 뒤에는 그 서식지조차도 사라져 버리고 말았다. 그러나 이 멋진 짐승 수백 마리는 동물원과 자연보호구역에서 편안하게 살고 있었다. 그중 한 마리가 죽어도, DNA가 완벽히 밝혀져 있어서 다시 만들어 내는 건 어렵지 않았다.

티그릿은 그런 유전공학의 산물이었다. 어느 모로 봐도 벵갈호랑이의 완벽한 표본이었지만, 다 자랐을 때도 몸무게는 30킬로그램을 넘지 않았다. 성질도 세심하게 조작해서 애정이 넘치고 장난치기 좋아하는 고양이와 같았다. 티그릿이 작은 청소 로봇을 졸졸 따라다니는 모습은 아무리 봐도 지겹지 않았다. 조상의 기억 속에는 로봇의 냄새가 없었기 때문인지 티그릿은 아주 조심스럽게 청소 로봇을 살펴본 뒤 그걸 동물로 생각하고 있는 게 분명했다. 청소 로봇도 티그릿이 무엇인지 몰랐다. 가끔 청소 로봇은 자고 있는 티그릿을 바닥 깔개로 착각하고 진공청소기로 밀어버리려고 했고, 그건 재미있는 결과를 낳곤 했다.

티그릿은 보통 토비의 침대에서 잤기 때문에 이런 일이 자주 생기지는 않았다. 캐럴은 위생상의 이유로 티그릿과 토비가 함께 자는 걸 반대했지만, 토비가 물이나 비누와 접촉하는 시간과 비교하면 티그릿이 몸단장에 훨씬 더 많은 시간을 쓴다는 사실을 깨달았다. 캐럴이 걱정했던 위생 문제는 생기지 않았다.

집안에 들어와 금세 식구가 되었을 무렵 티그릿은 다 자란 고양이보다 조금 작았다. 싱은 농담처럼 토비가 이제 아빠가 우주로 떠나 있는 시간을 알아채지 못한다고 불평했다.

어쩌면 또 다른 변화를 일으킨 것도 티그릿의 출현이었다. 캐럴은 항상 조상이 살던 아프리카 대륙에 매력을 느꼈고, 여러 세대에 걸쳐 집안에 전해 내려오느라 낡은 알렉스 헤일리의 《뿌리》 한 권을 소중히 여겼다. "게다가 아프리카에는 호랑이가 없었어. 이제는 호랑이가 있어 볼만도 하지." 캐럴은 이렇게 말했다.

토비가 해변에서 모래를 파다가 아직도 인형을 꼭 껴안고 있는 아이의 해골을 발견했던 것처럼 가끔 소름 끼치는 과거를 떠올리게 하는 일이 있었지만, 새로운 곳에서도 가족은 대체로 행복했다. 물론 그 뒤로 토비는 여러 번이나 밤에 비명을 지르며 깨어났고, 티그릿조차 토비를 진정시키지 못했다.

토비가 열 번째 생일을 맞았을 때는 진짜 숙모와 삼촌 세명, 그리고 명목상 그렇게 부르는 사람들 수십 명이 와서 축하해 주었는데, 그즈음 싱과 캐럴은 둘의 관계가 일단락됐다는 사실을 깨달았다. 열정은 고사하고 신선한 느낌도 사라진지 오래였다. 두 사람은 그저 서로 함께 있는 것을 당연히 여기는 좋은 친구가 돼가고 있었다. 둘은 각자 질투를 최소한

으로 일으킬 선에서 다른 연인을 얻었다. 몇 번인가 쓰리섬
을 시도해 보았고, 한 번은 넷이서도 해보았다. 어느 쪽에서
나 최상의 의지를 발휘했지만, 결과는 항상 에로틱하기보다
는 우스꽝스러웠다.

마지막 붕괴는 어떤 인간관계와도 관련이 없었다. 싱은 종
종 궁금할 때가 있었다. 왜 우리는 우리보다 수명이 훨씬 짧
은 친구에게 정을 주는 걸까?

오래전에 정글의 조수(潮水)는 그 비문을 간직하고 있는 금
속판의 흔적을 지워버렸을 것이다.

티그릿
아름다움, 충성심, 힘
여기에 영원히 잠들다

지금은 또 다른 생에서 일어났던 일처럼 느껴지지만, 사
랑스러운 그 눈에서 천천히 빛이 희미해져 가는 동안 티그릿
을 안고 있었던 토비의 소년 시절이 끝나던 모습을 싱은 결
코 잊을 수 없었다.

이제 떠날 시간이었다.

12

화성의 모래밭

 언젠가는 가리라고 결심하고 있었지만, 로버트 싱은 인생의 꽤 늦은 시기에 화성으로 떠났다. 벌써 55세였지만, 이번에도 운명이 때를 정했다.

 달에는 화성에서 온 관광객이 드물었다. 게다가 중력이 효과적인 격리 장치 역할을 하는 터라 고향 행성 지구에서는 사실상 전혀 화성인을 볼 수가 없었다. 상당수의 화성인은 그 사실에 신경 쓰지 않는 척했다. 다들 지구가 시끄럽고, 냄새나고, 더럽고, 끔찍할 정도로 북적거린다는 사실을 알고 있었다. 거의 30억 명이나 되다니! 위험한 건 말할 것도 없었다. 허리케인에 지진에 화산에….

 그러나 싱이 처음 목격했을 때 차메인 조젠은 아리텍의 관측 라운지에서 그리움 가득한 눈빛으로 지구를 바라보고 있었다. 공학의 걸작인 지름 20미터짜리 돔은 너무 투명해서 실내와 바깥의 진공 사이에 아무것도 없는 듯이 보였다. 겁이 많은 사람은 이곳에서 몇 분도 견디지 못했다.

바빴던 학창 시절에는 이곳에 와 본 적이 거의 없었지만, 지금 싱은 동료 승무원에게 모교를 구경시켜 주고 있었다. 이곳은 꼭 들러야 할 곳이었다. 삼중으로 된 자동문을 통과하며 싱이 말했다.

"만약에 돔이 터지면 1초 안에 바깥쪽 문 두 개가 닫혀. 그리고 15초 있다가 세 번째 문이 작동하지. 안에 있는 사람이 안전한 곳으로 대피할 시간을 주는 거야."

"밖으로 빨려 나가지 않았을 때 말이겠지. 마지막으로 시험한 건 언제야?"

"잠깐. 여기 점검표가 있네. 날짜가, 어…, 두 달 전이야."

"아니 그거 말고. 아무리 멍청한 회로라도 문은 닫을 수 있지. 진짜로 해 본 적이 있냐고."

"돔이 금 가게 하는 시험 같은 거? 말도 안 되지. 그게 돈이 얼마나 드는지 알아?"

이 시점에서 별 악의 없는 설전은 돔 안에 다른 사람이 더 있다는 사실을 두 사람이 깨닫고서야 멈췄다.

침묵이 계속 이어졌다. 마침내 싱의 동료가 차메인 조젠을 바라보며 싱에게 말했다.

"혓바닥이 잘린 게 아니라면 우리 소개를 좀 해주지그래?"

✳

싱은 아직 캐럴과 아주 좋은 관계를 유지하고 있었다. 하지만 캐럴이 애리조나로 거처를 다시 옮기고 토비가 모스크바 음악원에서 장학금을 받은 지금은 갈수록 만나는 시간이 줄어들었다. 부모 중 누구도 전혀 음악에 재능을 보인 적이 없는 상황에서 토비의 일은 뜻밖의 즐거움을 안겼다.

따라서 차메인 조젠이 화성으로 돌아간 뒤 싱이 가능한 한 빨리 주위를 정리하고 그녀를 따라간 게 특별히 이상할 건 없었다. 싱의 자격 조건, 그리고 아직은 남아 있어서 필요하면 거리낌 없이 이용하는 적당한 명성 덕분에 어려운 일은 아니었다. 56번째 생일이 지나고 얼마 되지 않아 싱은 포트 로웰에 내렸다. 싱은 신입 화성인이었다. 다른 행성에서 태어났으니 앞으로도 쭉 그럴 것이다.

"신입 화성인이라고 부르는 건 상관없어." 싱은 차메인에게 말했다. "그 말을 할 때 웃어주기만 하면 돼."

"그럴 거야." 차메인이 대답했다. "지구산 근육이라서 여기 사는 사람 대부분보다 힘이 셀 테니까."

그건 사실이었지만, 얼마나 오래 갈지는 몰랐다. 훨씬 더 열심히 운동하지 않으면 지금 예상보다 금세 화성에 적응하고 말 것이다.

그게 또 장점이 없는 것도 아니었다. 화성인들은 금성이 아닌 화성이 '사랑의 행성'으로 불려야 한다고 주장했다. 지구의 중력은 위험하다고까지 할 수는 없어도 터무니없는 수준이었다. 무게로 인한 갈비뼈 골절, 경련, 혈액 순환 장애 따위는 지구의 연인이 겪어야 할 몇 가지 재해일 뿐이었다. 지구의 6분의 1인 달의 중력은 훨씬 괜찮았다. 그러나 전문가에 따르면 접촉을 잘 유지하는 데 썩 충분하지는 않았다.

호기심을 많이 발동시키는 무중력 상태도 비슷했다. 처음에는 신기했지만, 이내 지루한 행위가 돼 버렸다. 랑데부와 도킹 문제를 걱정하는 데 너무 많은 시간을 써야 한다고 할까….

지구의 3분의 1인 화성의 중력이 딱 좋았다.

*

새로운 이주민이 으레 그렇듯 싱은 처음 몇 주 동안 화성의 그랜드 투어를 즐겼다. 올림포스 몬스, 마리너 계곡, 남극의 얼음 절벽, 헬라스 저지대까지. 헬라스 저지대는 요즘 모험심 넘치는 젊은이들 사이에서 인기 있는 장소로, 호흡 장치 없이 얼마나 오래 버틸 수 있는지를 보여주면서 뽐내는 곳이었다. 대기압은 딱 그 정도 재주를 보이기에 적당한 수준까지 올라왔지만, 산소 함량은 아직 생명을 유지하기에는 많이 모자랐다. 이름만 놓고 보면 오해의 소지가 있는 '야외 활동' 기록은 10분이 살짝 넘었다.

화성에 대한 싱의 첫 반응은 '약간 실망스럽다'였다. 이미 가상 여행으로 화성의 풍경을 여러 차례 즐긴 데다가 흥을 돋

우기 위해 보정한 이미지를 빠른 속도로 돌려서 보곤 했더니 실물이 오히려 별로였다. 화성의 유명한 지형에는 대부분 문제가 있었다. 바로 엄청난 규모였다. 너무 거대해서 실제로 방문하기보다는 우주에서 봐야 제대로 감상할 수가 있었다.

올림포스 몬스가 좋은 사례였다. 화성인들은 올림포스 몬스가 지구에서 가장 높은 산의 3배라고 자랑하곤 했지만, 훨씬 가파른 히말라야나 로키산맥이 더 인상적이었다. 기단부의 지름이 600킬로미터나 되는 올림포스 몬스는 산이라기보다는 화성 표면에 생긴 거대한 물집 같았다. 올림포스 몬스의 90퍼센트는 완만하게 높아지는 평지와 다를 바 없었다.

마리너 계곡 역시 좁은 구간을 제외하면 광고만큼의 효과를 내지 못했다. 너무 넓어서 중심에서 보면 양쪽 벽 모두가 지평선 너머에 있었다. 신입 화성인은 으레 이런 감이 없어서 곤란한 일을 겪곤 하는데, 싱도 하마터면 그보다 훨씬 작은 그랜드캐니언과 비교해 보고 실망할 뻔했다.

그러나 몇 주가 지나자 싱의 눈에도 화성의 섬세함과 아름다움이 들어오기 시작하면서, 개척민(이 역시 앞으로 절대 쓰지 말아야 할 단어였다)들이 자신의 행성에 바치는 열정을 이해할 수 있게 됐다. 바다가 없는 탓에 화성의 육지 면적이 지구와 거의 똑같다는 사실을 잘 알고 있음에도 그 규모에는 끊임없이 놀랄 수밖에 없었다. 지름이 지구의 절반밖에 되지 않는다는 사실만 잊는다면 화성은 거대한 세상이었다….

그리고 비록 느렸지만, 화성은 천천히 변하고 있었다. 돌연변이 지의류와 균류가 산화된 바위를 분해하면서, 오랜 세월에 걸쳐 화성을 잠식해 온 '녹슬어 죽어가는 현상'을 되돌리고 있었다. 어쩌면 지구에서 온 침입자 중 가장 성공적인 건 '창문 선인장'의 변이체일지도 몰랐다. 마치 자연이 우주복을 설계하려고 시도했던 흔적처럼 생긴 이 껍질 질긴 식물을 달에 도입하려고 시도했던 적도 있었으나 실패로 돌아갔다. 하지만 화성의 저지대에서는 번성했다.

화성에 사는 사람은 누구나 일을 해야 했다. 비록 지구에 있는 두툼한 계좌에서 상당한 액수를 이체해 오긴 했지만, 로버트 싱 또한 예외는 아니었다. 예외가 되고 싶지도 않았다. 아직 앞으로 수십 년은 더 활발하게 살아야 했고, 가능한 한 충실하게 살고 싶었다. 새로운 가족과 되도록 많은 시간을 보내면서 오래오래.

화성에 온 데는 그런 이유도 있었다. 화성은 아직 빈 공간이 많은 곳이었고, 싱은 이곳에서 자녀 둘을 허가받았다. 첫딸인 미렐은 도착한 지 1년이 되지 않아 태어났다. 마틴은 그로부터 3년 뒤에 태어났다. 로버트 싱이 우주, 아니 심우주의 맛을 보고 싶다는 생각을 조금이라도 다시 하게 된 건 그로부터 5년이 더 지난 뒤의 일이었다. 그동안은 가족과 일이 너무나도 만족스러웠다.

물론 포보스와 데이모스에는 자주 다녀왔다. 대개 지구의 로이드 보험회사를 위해 우주선을 조사하는, 책임이 아주 막중한 (보수도 좋은) 일과 관련이 있었다. 안쪽에 있는 더 큰 위성인 포보스에서는 우주생도 훈련학교를 점검하는 일 정도밖에 할 게 없었는데, 그곳에 가면 생도들이 싱을 아주 많이 우러러보곤 했다. 싱도 생도들을 만나는 게 즐거웠다. 30년, 아니 20년은 젊어지는 느낌인 데다가 최신 우주 기술을 접할 기회이기도 했다.

한때 포보스는 우주 건설 계획에 필요한 천연자원을 공급할 수 있는 귀중한 원천으로 여겨졌다. 그러나 화성 보존론자들이, 어쩌면 자신의 행성을 꾸준히 테라포밍*한다는 데 죄책감을 느끼고 이 일을 막아냈다. 그 조그맣고 새카만 위성은 밤하늘에서도 거의 보이지 않을 정도라 알아보는 사람이 별로 없었지만, '포보스를 다 파내지 말자!'는 구호는 효과적이었다.

다행히 더 작고 멀리 떨어져 있는 데이모스가 어떤 면에서는 훨씬 나은 대안이었다. 평균 지름이라고 해 봐야 10여 킬로미터 정도지만, 현지의 조선소가 몇 세기 동안 쓸 금속을 공급할 수 있었다. 그리고 그 작은 달이 향후 1천 년에 걸쳐 서서히 사라진다고 해도 신경 쓸 사람은 없었다. 무엇보다 데이모스의 중력장은 매우 미약해서 살짝 밀어내는 정도로도, 건조한 우주선을 발진시킬 수 있었다.

태초 이래로 분주한 항구가 전부 그렇듯이 데이모스 항 역시 깔끔하지 않고 어지러웠다. 싱이 데이모스 항 3번 작업장

---

* 지구가 아닌 다른 행성이나 위성의 환경을 지구화하는 것

에서 처음으로 골리앗호를 본 건 5년마다 한 번 하는 검사와 수리를 받고 있을 때였다. 일견 특별히 눈에 띄는 점이 없는 우주선이었다. 다른 심우주 우주선보다 딱히 더 못생기지도 않았다. 자체 질량 1만 톤에 전체 길이 150미터로, 특별히 크지도 않았다. 골리앗호의 가장 중요한 특징은 보이지 않는 곳에 있었다. 평소에는 연료로 수소를 사용하지만, 때에 따라 물로도 작동할 수 있는 핵융합 로켓 엔진의 힘이 우주선 크기에 비해 아주 강했다. 몇 초 동안만 유지했던 실험을 제외하면 최대 추력으로 작동한 적이 단 한 번도 없었다.

그다음 번에 싱이 골리앗호를 본 것도 다시 데이모스에서였다. 별일 없이 5년을 기지에서 더 보낸 뒤였다. 그리고 골리앗호의 선장은 마침 은퇴를 앞두고 있었다.

"생각해 봐, 싱." 선장이 말했다. "태양계에서 가장 쉬운 일이라니까. 운항에 신경 쓸 필요도 없어. 그냥 앉아서 경치나 구경하면 되는 거야. 유일한 문제라면 한 스무 명쯤 되는 미치광이 과학자들을 먹이고 보살펴야 한다는 것뿐이지."

끌리는 제안이었다. 중요한 자리에서 일해본 적은 많았지만, 한 번도 우주선을 지휘해 본 적은 없었다. 은퇴하기 전에 한 번쯤은 그 일을 해보고 싶었다. 사실 싱은 이제 막 예순 번째 생일이 지났을 뿐이었다. 하지만 세월이 흘러가는 속도가 너무 빨라서 놀라울 지경이었다.

"가족과 이야기를 해 보지요." 싱이 말했다. "1년에 몇 번 화성에 다녀올 수만 있다면야…."

그랬다. 정말 끌리는 제안이었다. 신중하게 고려해 봐야….

하지만, 로버트 싱은 원래 골리앗호를 만든 목적에 대해서는 거의 생각해보지 않았다. 사실상 그 우주선에 왜 그렇게 말도 안 되게 추력이 강한 엔진이 달려 있는지 거의 잊고 있었다.

물론 그 전체 추력을 사용할 일은 없을 터였다. 하지만 예비로 가지고 있는 게 나쁠 건 없었다.

13

우주의 사르가소

"태양 위에 서서 7억5천만 킬로미터 떨어져 있는 목성을 똑바로 바라본다고 합시다." 노벨상 수상 발표 직후 다소 어리벙벙한 학생들을 향해 멘도자 교수는 이렇게 말한 적이 있었다. "그리고 두 팔을 양쪽으로 각각 60도만큼 벌리는 겁니다. 그러면 뭘 가리키게 될까요?"

교수는 대답을 기대하지 않았고, 말을 멈추지도 않았다.

"여러분의 눈에는 아무것도 안 보일 겁니다. 하지만 여러분은 태양계에서 가장 매혹적인 지점을 가리키고 있는 겁니다.

1772년 프랑스의 위대한 수학자 라그랑주는 태양과 목성의 중력장이 아주 흥미로운 현상을 만들어 낼 수 있다는 사실을 알아냈습니다. 목성 궤도 위, 목성의 앞쪽으로 60도와 뒤쪽으로 60도에 해당하는 두 곳에 안정된 지점이 있었던 거지요. 이 두 지점 중 하나에 놓인 물체는 태양과 목성으로부터의 거리가 같아서 거대한 이등변삼각형을 만듭니다.

라그랑주가 살았던 시절에는 소행성이 있다는 걸 몰랐습니다. 그래서 언젠가 자신의 이론이 실질적으로 입증되는 날이 오리라고는 생각하지 못했지요. 100년 이상, 정확히는 134년이 지난 뒤에야 목성의 뒤쪽으로 60도 지점에서 따라오고 있는 소행성 아킬레스를 발견했습니다. 한 해 뒤에는 파트로클로스가 멀지 않은 곳에서 발견됐고요. 그다음에는 헥토르였죠. 그런데 이건 목성 앞쪽 60도 지점에 있었습니다. 오늘날 우리가 알고 있는 이들 트로이 소행성은 1만 개가 넘습니다. 처음 발견된 몇십 개에 트로이 전쟁의 영웅 이름을 따서 붙였기 때문에 트로이 소행성이라고 부르지요. 물론 계속 그렇게 이름을 붙이지 못한 지는 오래됐습니다. 지금은 단순하게 번호로 부릅니다. 내가 마지막으로 목록을 봤을 때는 1만 1,500개였지요. 뜸하긴 해도 계속 늘어나고 있더군요. 지금은 조사가 95퍼센트 정도 끝났다고 생각합니다. 아직 찾지 못한 트로이 소행성은 지름이 100미터가 되지 않을 겁니다.

이제 내가 지금까지 여러분에게 거짓말을 하고 있었다는 걸 고백해야겠군요. 사실 트로이 소행성 중 어느 것도 양쪽 트로이 지점에 있지는 않습니다. 30도 이상 앞뒤로, 위아래로 움직여 다니지요. 여기에는 토성의 책임이 큽니다. 토성의 중력장이 태양과 목성이 만드는 깔끔한 패턴을 망쳐 놓은 겁니다. 그러니 트로이 소행성은 목성 양쪽으로 60도 되는 지점에 중심이 있는 커다란 두 개의 구름이라고 생각하면 됩니다. 이유는 아직 알 수 없지만, 목성 뒤보다는 앞쪽에 소행성이 3배가량 많습니다. 누구 괜찮은 박사 학위 논문 주제 찾는 사람 있나요?

지구에 있는 사르가소해에 대해 들어 본 사람 있습니까? 없겠지요. 음, 대서양에…, 대서양은 아메리카 연방 동쪽에 있는 바다인데, 해초나 침몰한 배 따위가 해류의 순환 때문에 쌓여 있는 구역입니다. 나는 트로이 지점을 우주에 있는 쌍둥이 사르가소해로 생각하고 싶군요. 태양계에서 가장 밀도가 높은 지역이니까요. 물론 직접 가본다 해도 체감은 안 될 겁니다. 소행성 하나에 발을 딛고 섰을 때 아주 운이 좋아야 맨눈으로 다른 소행성을 볼 수 있을 정도니까요.

왜 트로이 소행성이 중요할까요? 그 질문 해줘서 고맙습니다.

과학적인 흥미와는 별개로 이곳은 목성의 주요 무기고입니다. 가끔은 소행성 하나가 토성과 천왕성, 해왕성의 연합 중력장에 의해 밖으로 빠져나와 태양 쪽으로 방랑을 떠납니다. 그리고 가끔 그중 하나가 우리와 충돌합니다. 우리 화성의 헬라스 분지가 그렇게 생겼지요. 심지어는 지구에도 충돌합니다.

태양계 초기에는 이런 일이 흔했습니다. 행성이 되고 남은 파편이 사방에 떠다녔거든요. 다행히 지금은 대부분 없어졌습니다만, 아직도 많이 남아 있습니다. 트로이 구름에만 있는 것도 아닙니다. 해왕성 바깥까지 나가 있는 떠돌이 소행성도 있지요. 어떤 것이라도 잠재적으로 위협이 됩니다.

자, 이번 세기까지는 이 위험에 대해 인간이 할 수 있는 일은 전혀, 말 그대로 전혀 없었습니다. 그리고 대부분은 설령 알고 있다고 하더라도 별 관심을 두지 않았습니다. 좀 더 중요한 문제를 걱정해야 한다고 생각했지요. 물론 그건 옳았습니다.

그러나 현명한 사람이라면 아무리 일어날 것 같지 않은 일에도 보험을 들어놓는 법입니다. 비용이 아주 많이 들지만 않는다면 말이지요. 우주 파수대의 조사는 아주 약소한 예산으로 거의 반세기에 걸쳐 이뤄졌습니다. 그리고 이제 우리는 앞으로 천 년 동안 지구나 달, 화성에 큰 재앙이 적어도 한 번은 일어날 가능성이 크다는 사실을 알고 있습니다.

그냥 앉아서 기다려야 할까요? 물론 아닙니다! 이제 우리에게는 자신을 지킬 수 있는 기술이 있습니다. 만약, 아니 언젠가! 즉각적인 위험이 닥쳐온다면 우리는 최소한 계획을 세우고 실행할 수 있습니다. 행운만 따른다면 몇 달 앞서 경고를 받을 수도 있지요.

이제 내게는 지구에 가야 할 이유가 있습니다. 사실 이건 아직 비밀입니다. 그쪽 사람들을 놀라게 하고 싶거든요! 나는 이 문제를 다루는 장기 계획을 제안하려 합니다. 일단 이름에 걸맞은 활동을 할 수 있도록 우주 파수대에 실행 능력을 줘야 한다고 제안할 겁니다. 빠르고 강한 우주선 몇 척이 영구적으로 순찰을 다니는 모습을 보고 싶군요. 트로이 지점에 배치하면 좋을 겁니다. 그곳에 있는 동안 귀중한 연구를할 수 있고, 필요한 일이 생기면 재빨리 태양계 어디든 갈 수도 있을 겁니다.

이게 바로 내가 곧 만날 지구벌레들 모두에게 할 얘깁니다.행운을 빌어 주시죠."

14

아마추어

　21세기가 끝날 무렵에는 아마추어가 중대한 발견을 이뤄낼 수 있을 만한 과학 분야가 거의 남아 있지 않았다. 그러나 천문학은 언제나 그랬듯이 그중 하나로 남아 있었다.

　물론 아무리 돈이 많은 아마추어라고 해도 지구와 달, 궤도 위에 있는 대형 천문대에서 일상적으로 사용하는 장비를 쓸 수는 없었다. 그러나 전문가란 좁은 영역에 특화돼 있기 마련이었고, 우주는 이루 말할 수 없이 광대하여 한 번에 볼 수 있는 영역이라고 해 봐야 아주 작은 일부일 뿐이었다. 열의와 지식이 있는 애호가가 관측할 수 있는 공간은 많이 남아 있었다. 아무도 보지 못했던 무언가를 발견하는 데 꼭 아주 큰 망원경이 있어야 하는 것도 아니었다. 요령만 있으면 충분했다.

포트 로웰 메디컬 센터의 관리인으로서 앵거스 밀러 박사가 해야 할 일은 그다지 많지 않았다. 지구의 개척지와 달리 화성에서는 새롭고 이질적인 질병을 다룰 일이 없었다. 의사가 해야 할 일은 대부분 사고 처리였다. 두 번째와 세 번째 세대에서는 저중력 탓일 게 분명한 독특한 뼈 질환이 나타나곤 했지만, 의료 기관은 심각해지기 전에 그 질환에 대처할 수 있을 거라고 확신했다.

여유 시간이 충분한 덕분에 밀러 박사는 화성에 있는 몇 안 되는 아마추어 천문학자 중 한 명이 됐다. 헌신적인 망원경 제작자들이 수 세기에 걸쳐 갈고 닦은 기술을 이용해, 밀러 박사도 거울을 갈고 광을 내고 은을 입혀 가며 몇 년 동안 반사망원경을 여러 개 만들었다.

처음에는 지구를 관측하는 데 시간을 많이 들였다. 친구들은 놀리듯이 물었다. "왜 거기에 관심을 두지? 거긴 관측이 잘 돼 있잖아. 심지어 지성체가 살고 있을 거라는 추측도 있는데 말이야."

하지만, 밀러 박사가 우주에 떠 있는 푸르고 아름다운 초승달 모양의 지구를 보여주자 친구들은 조용해졌다. 그 옆에는 작지만, 위상이 똑같은 달도 있었다. 최근에 벌어졌던 일들의 일부를 제외하면 인류의 모든 역사가 그 망원경의 시야 안에 놓여 있었다. 아무리 우주 깊은 곳으로 멀리 떠난다 해도 인류라는 종족은 결코 고향 행성으로부터 완전히 떨어져 나올 수 없었다.

물론 비판하는 사람에게도 일리는 있었다. 지구는 관측해서 크게 얻을 게 없는 대상이었다. 대부분은 보통 구름으로 덮여 있었고, 가장 가까울 때라고 해도 화성에서 보이는 건 밤 영역뿐이었다. 따라서 자연 지형은 거의 보이지 않았다. 한 세기 전에 지구의 '어두운 부분'은 절대로 어둡지 않았다. 수백만 와트나 되는 전기를 의미 없이 하늘로 쏟아붓고 있었다. 에너지 소비에 좀 더 민감한 사회가 되자 그런 최악의 낭비가 줄어들긴 했지만, 아직도 웬만한 도시는 빛나는 광점으로 쉽게 눈에 띄었다.

밀러 박사는 지구 날짜로 2084년 11월 10일에 자신이 화성에 있어서 드물고 아름다운 현상을 관측할 수 있었다면 좋았을 거라고 아쉬워했다. 바로 태양 표면을 지구가 횡단하는 현상이었다. 둥근 태양을 천천히 지나가는 지구는 마치 작고 완벽히 둥근 흑점처럼 보였다. 그런데 중간 지점에서 지구 한가운데에 밝은 광점이 하나 나타났다. 어두운 부분에 있는 수많은 레이저가 이제 인류의 두 번째 고향이 된 붉은 행성을 맞이하기 위해 자정 녘 하늘을 향해 빛을 쏘아 올렸다. 이 광경을 화성 전역에서 봤으며, 지금도 경외심 섞인 기분으로 그 일을 회상하는 사람이 많았다.

그러나 밀러 박사가 특별히 가깝게 느끼는 예전 날짜 하나가 더 있었다. 자기 자신 말고는 아무도 관심을 가지지 않을 사소하고 완전한 우연 때문이었다. 화성에 있는 충돌구 중 아주 커다란 것 하나에 우연히 밀러 박사와 두 세기 차이로 생일이 같은 아마추어 천문학자의 이름이 붙어있었다.

화성 탐사 초기, 우주탐사선이 잘 나온 화성 사진을 보내기 시작하자마자 수천 개에 달하는 새로운 지형에 붙일 이름을 찾는 게 큰일이 됐다. 코페르니쿠스, 케플러, 콜럼버스, 뉴턴, 다윈, 아인슈타인 같은 유명한 천문학자, 과학자, 탐험가는 확실히 들어갔다. 그다음으로는 화성과 관련 있는 작가가 나왔다. 웰스, 버로스*, 와인바움**, 하인라인, 브래드버리 등. 그리고 지구의 지명이나 사람 이름이 잡다하게 이어졌다. 일부는 화성과 큰 상관도 없었다.

화성의 새로운 거주민 모두가 물려받은 지명을 썩 마음에 들어 한 건 아니었다. 그래도 일상생활에서 매일 쓸 수밖에 없었다. 화성은 고사하고 지구에서라도 댕크, 디아-카우, 에일, 가그라, 카훌, 수르트, 티위, 와스팸, 얏이 누군지, 혹은 어디인지 아는 사람이 있을까?

'개정파'는 항상 더 적당하고 듣기 좋은 이름으로 바꿔야 한다고 부추겼고, 대부분은 이 의견에 동조했다. 그래서 화성에서 생존하는 데 큰 영향을 끼치는 건 아니었지만, 이 문제를 다루는 상설 위원회가 생겼다. 여유 시간이 많은 데다가

---

* 에드거 라이스 버로스, '타잔 시리즈'로 유명하지만, 1910년대부터 《화성의 공주》 등 이세계와 별세계를 무대로 한 수많은 SF를 발표하여 '행성 로맨스'로 불리는 SF 서브 장르의 원형을 확립했다.
** 스탠리 와인바움, 1934년에 쓴 단편 《화성 오디세이》는 인류와 똑같은 지성과 감성을 지닌 외계 생명체와의 교류를 그린 최초의 SF 작품으로 꼽힌다.

천문학에 관심이 많다는 걸 누구나 알고 있었던 탓에 자연스럽게 밀러 박사도 위원으로 뽑혔다.

"화성에서 가장 큰 충돌구 중 하나에 도대체 왜 몰즈워스라는 이름이 붙어야 합니까?" 밀러 박사는 언젠가 이렇게 의문을 던졌다. "그건 지름이 175킬로미터나 된다고요! 대체 몰즈워스가 누굽니까?"

조사를 좀 해보고 지구로 값비싼 우주팩스도 몇 번 보낸 결과 밀러 박사는 의문에 대한 답을 들을 수 있었다. 퍼시 B. 몰즈워스는 영국의 철도 기술자이자 아마추어 천문학자로, 20세기 초에 화성을 그린 그림을 모아 출판한 적이 있었다. 몰즈워스는 대부분 적도 부근에 있는 실론 섬에서 화성과 우주를 관측했으며, 1908년 그곳에서 41세라는 이른 나이에 세상을 떠났다.

밀러 박사는 깊은 인상을 받았다. 몰즈워스는 화성을 사랑했던 게 분명했고, 지형에 이름이 붙을 만했다. 지구 달력으로 두 사람의 생일이 똑같다는 사실은 논리와 무관한 친밀감을 안겨 주었고, 밀러 박사는 이따금 자신이 만든 망원경으로 지구를 바라보면서 몰즈워스가 짧은 삶의 대부분을 보낸 섬을 찾아보곤 했다. 인도양은 보통 구름이 껴 있었기 때문에 눈으로 본 적은 딱 한 번뿐이었지만, 잊지 못할 경험이었다. 밀러 박사는 언젠가 인간이 화성에서 고향을 내려다볼 수 있게 된다는 사실을 알았다면 이 젊은 영국인이 무슨 생각을 했을지 궁금했다.

밀러 박사는 몰즈워스의 이름을 보존하기 위한 싸움에서 이겼다. 사실 사연을 듣고 난 뒤에는 크게 반대하는 사람도 거의 없었다. 하지만 이 일은 단순히 열중하던 취미라고 생각했던 활동에 대한 밀러 박사의 태도를 바꿔 놓았다. 어쩌면 밀러 박사 역시 자신의 이름을 오랫동안 지니고 있을 발견을 할 수 있을지도 몰랐다.

그리고, 오래지 않아 밀러 박사는 기대보다 훨씬 큰 성공을 거두게 된다.

＊

그때는 어린아이였지만 밀러 박사는 2061년 헬리 혜성이 돌아오며 보여줬던 장엄한 광경을 잊을 수 없었다. 이게 그 뒤에 밀러 박사가 한 일에 영향을 끼친 건 분명했다. 아주 유명한 것을 포함해 대부분의 혜성은 아마추어가 발견했다. 그럼으로써 이들은 천상에 이름을 새겼다. 몇 세기 전 지구에서라면 성공하는 공식은 단순했다. 좋은(아주 클 필요는 없었다) 망원경, 맑은 하늘, 밤하늘에 대한 자세한 지식, 인내심, 그리고 상당한 행운.

밀러 박사는 지구에 있던 선배들에 비해 몇 가지 면에서 아주 유리했다. 일단 하늘이 언제나 맑았다. 테라포밍에 그토록 애를 썼지만, 앞으로도 몇 세대 동안은 이 상태일 것이다. 태양에서 한참 더 멀리 떨어져 있기 때문에 화성은 지구보다 좀 더 나은 관측지이기도 했다. 무엇보다 중요한 건 탐색을 대부분 자동으로 할 수 있다는 사실이었다. 이제는 옛 천문학자처럼 침입자가 나타나면 즉시 알아볼 수 있도록 성도(星圖)를 외워야 할 필요가 없었다.

오래전에 사진 기술이 그런 방식을 쓸모없게 만들어 버렸다. 몇 시간 간격으로 두 장을 찍어서 비교하기만 하면 뭔가 움직였는지 알 수 있었다. 추운 밤에 벌벌 떨지 않고 실내에 편히 앉아서 느긋하게 할 수 있는 일이었지만, 엄청나게 지루한 건 마찬가지였다. 1930년대 클라이드 톰보라는 청년은 말 그대로 수백만 장의 사진을 조사한 뒤에야 명왕성을 발견할 수 있었다.

사진은 한 세기 좀 넘게 쓰이다가 전자기기에 자리를 내줬다. 민감한 화상 카메라가 하늘을 탐색하며 결과물을 저장하고, 나중에 앞으로 돌아가 다시 볼 수 있었다. 컴퓨터 프로그램은 클라이드 톰보가 몇 달 걸렸던 일, 즉 제자리에 있는 천체는 무시하고 움직인 것에만 표시하는 그 일을 몇 초만에 해냈다.

사실 실제로는 그렇게 단순하지 않았다. 고지식한 프로그램은 이미 잘 알고 있는 소행성이나 인공위성을 수백 개씩 '재발견'했다. 인공적으로 생긴 우주 쓰레기 수천 조각은 말할 것도 없고. 그러니 이 모든 것을 목록과 비교해봐야 했다. 이 작업 또한 자동으로 할 수 있었다. 하지만 그 모든 걸러내는 작업을 거친 뒤에도 남아 있는 천체는…, 흥미를 끌었다.

＊

자동 탐색에 쓰이는 하드웨어와 프로그램이 많이 비싸지는 않았다. 그러나 꼭 필요하지 않은 첨단 기술 제품이 대개 그런 것처럼, 심지어 화성에서는 구할 수가 없었다. 밀러 박사는 몇 달을 기다려서야 지구의 과학기자재 회사에서 배송을 받았는데, 종종 그렇듯 중요한 부품 하나가 불량이었다. 우주팩스로 격한 말이 오간 뒤에야 문제는 해결됐다. 다행히 밀러 박사는 다음 화물선을 기다릴 필요가 없었다. 회사가 마지못해 회로의 세부 내용을 토해내자 화성에 있는 전문가가 장치를 작동하도록 부품을 만들어 냈다.

작동은 완벽했다. 바로 다음 날 밀러 박사는 데이모스와 통신위성 15개, 운항 중인 정기선 2척, 달에서 들어오는 우주선을 찾아내고 기뻐했다. 물론 하늘의 아주 작은 부분만을 조사한 결과였다. 화성 주변의 우주도 점점 붐비고 있었다. 밀러 박사가 꽤 괜찮은 가격에 장비를 사들인 건 확실했다. 이 장비는 지구 주위를 도는 우주 쓰레기의 구름 아래서는 사실상 쓸모가 없었을 것이다.

그다음 해 밀러 박사는 지름이 100미터 이하인 새로운 소행성 두 개를 발견하고 '미란다'와 '로나'라는 이름을 붙이려고 했다. 아내와 딸의 이름이었다. 국제천문연맹은 후자는 받아들였지만, 전자는 천왕성의 유명한 위성이라는 사실을 지적했다. 밀러 박사 역시 그 사실을 잘 알고 있었지만, 가정의 화목을 위해 시도해 볼 만한 일이라고 생각했다. 결국, 정해진 이름은 두 사람의 이름을 섞은 '미라'였다. 100미터짜리 소행성과 적색거성을 혼동할 사람은 아무래도 없을 듯했다.*

잘못된 경보가 몇 번 울린 것을 빼면 그다음 해에 밀러 박사는 아무것도 찾지 못했다. 그만둘까 생각하던 무렵 프로그램이 이상 현상을 보고했다. 움직이는 것처럼 보이는 천체를 관측했다는 건데, 너무 느려서 확신할 수가 없었다. 오차 범위 안이었다. 프로그램은 결론을 내리기 위해서는 시간 간격을 더 두고 다시 관측해야 한다고 제안했다.

밀러 박사는 조그만 광점을 바라보았다. 그건 희미한 별일 수도 있었다. 그러나 성도에는 그 자리에 아무것도 없었다. 실망스럽게도 혜성임을 암시하는 희끄무레한 후광은 흔적도 보이지 않았다. '또 망할 놈의 소행성이로구먼.' 밀러 박사는 생각했다. 추적할 가치도 없어. 하지만 아내가 곧 새 딸을 낳을 예정이었고, 생일 선물로 주기에는 좋아 보였다.

*

소행성이 맞았다. 목성 궤도 바로 바깥쪽이었다. 밀러 박사는 대략적인 궤도를 계산하도록 컴퓨터를 설정했다. 그리고 미르나(이렇게 부르기로 정했다)가 지구에 상당히 가까이 다가간다는 사실을 알아냈다. 그러자 좀 더 흥미로워졌다.

---

* '미라'는 고래자리에 있는 적색거성의 이름이다.

밀러 박사는 끝내 미르나라는 이름을 인정받지 못했다. 국제천문연맹이 승인하기 전에 추가 관측으로 훨씬 더 정확한 궤도를 알아냈기 때문이었다.

그러자 단 한 가지 이름만 가능해졌다. '칼리', 파괴의 여신이었다.

＊

밀러 박사가 처음 발견했을 때 칼리는 이미 태양을, 그리고 지구를 향해 전례 없는 속도로 움직이고 있었다. 이제 이것은 학문적으로 중요한 문제였지만, 사람들은 모두 왜 우주 파수대가 그 많은 장비와 인력을 갖고도 거의 집에서 만든 장비를 쓰는 화성의 아마추어를 능가하지 못했는지 궁금해했다.

대개 그렇듯이 그건 불운과, 다들 잘 알고 있는 무생물의 고약한 심보 탓이었다.

칼리는 크기에 비해 굉장히 희미했다. 지금까지 발견된 것 중에 가장 어두운 소행성에 속했다. 탄소질 소행성인 게 확실했다. 표면은 거의 말 그대로 숯이나 다름없었다. 그리고 지난 몇 년 동안 그 소행성이 지나온 곳은 은하수에서 가장 혼잡한 영역이었다. 우주 파수대 소속 천문대에서 봤을 때는 별빛 속에 묻혀 버렸던 것이다.

화성에서 관측했던 밀러 박사는 운이 좋았다. 의도적으로 덜 혼잡한 영역으로 망원경을 향했는데, 마침 칼리가 거기 있었다. 몇 주 전이나 후였으면 놓쳤을 것이다. 이어지는 조사 기간 동안 우주 파수대는 당연히 수 테라바이트에 달하는 관측 자료를 다시 확인했다. 거기 있다는 것을 알고 있을 때는 훨씬 찾기 쉬운 법이다.

칼리는 이미 세 번이나 우주 파수대의 관측 사진에 찍혀 있었다. 하지만 신호가 잡음에 매우 가까워 자동 탐색 프로그램을 발동시키지 못했다.

많은 사람은 우주 파수대가 놓친 데 감사했다. 칼리를 일찍 발견해봤자 고통스러운 시간만 늘어날 뿐이었을 테니까.

제 3 부

15

예언자

"요한, 이제 예수가 모하메드처럼(그분이 평온하시기를) 보통 사람이었던 게 틀림없다는 걸 인정할 때도 되지 않았나요? 우리는 복음서를 쓴 사람들이 모르는 걸 알고 있지요. 물론 생각해보면 당연해요. 처녀 생식으로는 여성밖에 낳을 수 없어요. 절대 남성이 안 나오지요. 물론 성령이 두 번째 기적을 만들어 냈을 수도 있겠지요. 어쩌면 제가 편견을 갖고 있을지도요. 하지만 전 그게 음…, 과시였을 거라는 느낌이 듭니다. 심지어 악취미적이에요."

— 예언자 파티마 막델렌
*(교황 요한 바오로 25세와 나눈 두 번째 대화 중에서.
예수회 신부 머빈 페르난도 편집. 2029년)*

크리슬람교는 아직 공식적으로 역사가 100년이 되지 않았다. 그러나 기원은 그보다 20년을 더 거슬러 올라가 1990년 석유 전쟁에 이르렀다. 이 끔찍한 판단 착오가 초래했던 예상치 못한 결과 중 하나는 미국의 여러 남녀 군인이 사상 처음으로 이슬람교와 직접 접촉했으며 깊은 인상을 받았다는 점이었다. 이들은 '한 손에는 코란을 다른 한 손에는 기관단총을 휘두르는 정신 나간 회교도'라는 이슬람 사람들에 대한 선입견의 상당수가 어처구니없는 과잉 단순화라는 사실을 깨달았다. 그리고 미합중국이 탄생하기 1천 년 전, 유럽이 암흑시대를 보내고 있을 때 이슬람 세계가 천문학과 수학에서 이뤄놓은 진보를 알고는 깜짝 놀랐다.

새로운 개종자를 얻을 기회에 들뜬 사우디 당국은 '사막의 폭풍' 작전 당시, 주요 군사기지에 정보센터를 세우고 이슬람교의 가르침과 코란 해설을 제공했다. 걸프 전쟁이 끝날 무렵 수천 명에 달하는 미국인이 새 종교를 얻었다. 그중 대부분은 아랍의 노예 상인이 자신의 조상에게 저지른 잔학한 행위를 모르고 있는 아프리카계 미국인이었다. 그러나 백인도 상당한 수에 달했다.

루비 골든버그 중사는 단순한 백인이 아니었다. 랍비의 딸이었으며, 다란에 있는 킹 파이살 기지에 배속받기 전까지 디즈니랜드보다 이국적인 건 본 적이 없었다. 유대교와 기독교에 관해서는 아주 잘 알고 있었지만, 이슬람교는 새로운 세계였다. 비록 지금은 많이 손상됐지만, 오랫동안 유지했던 관용이라는 전통뿐만 아니라 근본적인 문제에 대한 진지한 관심이 골든버그 중사를 매료시켰다. 특히 서로 다른 신념을 지닌 두 예언자, 모세와 예수에 대한 이슬람교의 진심 어린 존경에 감명을 받았다. 그러나 골든버그 중사의 '자유로운' 서양식 견해로는 훨씬 보수적인 이슬람교 국가에서 여성이 갖는 지위에 대해 심각한 의구심을 가질 수밖에 없었다.

지대공 미사일의 전자부품을 다루는 일에 너무 바빴던 골든버그 중사는 사막의 폭풍 작전이 끝날 때까지는 종교 활동에 깊이 관여할 수 없었다. 그러나 씨앗은 이미 싹을 틔우고 있었다. 미합중국으로 돌아오자마자 골든버그는 퇴역군인을 위한 교육권을 사용해 거의 찾아보기 힘든 이슬람교 경향의 대학에 등록했다. 국방부의 관료와 벌이는 싸움은 물론 가족과 멀어지는 일까지 감수하는 일이었다. 불과 두 학기 뒤 골든버그는 자퇴하며 좀 더 강한 독립 의지를 표명했다.

의심의 여지가 없을 정도로 중대한 이 사건의 뒤에 있는 사실은 끝내 완전히 밝혀지지 않았다. 예언자의 전기 작가는 코란에 대한 골든버그의 날카로운 비평에 답변하지 못했던 교수에게 그녀가 희생당한 것이라고 주장했다. 중립적인 역사가는 좀 더 현실적인 설명을 내놓았다. 골든버그가 동료 학생과 관계를 맺은 뒤 임신이 확실해지자 떠났다는 것이다.

두 가지 설 모두 진실을 어느 정도 담고 있을 수 있었다. 예언자는 아들이라고 주장하는 젊은이의 말을 부정하지도 않았고, 양쪽 성별에 걸친 여러 연인과의 관계도 굳이 숨기려고 하지 않았다. 성(性) 문제에 대해서는 힌두교과 비슷한 수준으로 관대한 태도가 크리슬람교와 그 기원이 되는 종교의 가장 두드러진 차이점이었다. 그건 확실히 크리슬람교의 대중화에 공헌했다. 수십억의 인생을 병들게 하고 독신주의의 남용을 정점에 이르게 했던 이슬람의 청교도주의, 기독교의 성(性)적 병리성과 비교했을 때 이것보다 큰 대조를 이루는 건 없었다.

대학에서 자퇴한 뒤 골든버그는 20년 이상 모습을 드러내지 않았다. 티베트의 수도원, 가톨릭 교단, 혹은 다른 여러 사람이 훗날 골든버그를 환대했었다는 증거를 내놓았지만, 조사해 본 결과 모두 거짓이었다. 또한, 골든버그가 달에서 시간을 보냈다는 증거도 없었다. 달은 인구가 상대적으로 적어 추적하기가 쉬웠을 것이다. 확실한 건 예언자 파티마 막델렌이 2015년에 세상에 모습을 나타냈다는 사실이었다.

기독교와 이슬람교는 정확히 '경전의 종교'라고 할 수 있었다. 그 자손이자 계승자를 자처하는 크리슬람교는 헤아릴 수 없을 정도로 더 강력한 기술에 기반을 두고 있었다.

크리슬람교는 인류 역사상 처음으로 나타난 '바이트의 종교'였다.

16

낙원 회로

모든 시대에는 한 세기 전이라면 아무 의미가 없고, 한 세기 뒤에는 대부분 잊힐 용어로 가득 찬 독특한 언어가 있다. 몇몇은 예술이나 스포츠, 패션, 정치 쪽에서 생긴 말이지만, 대부분은 과학과 기술의(물론, 전쟁도 포함해서) 산물이다.

수천 년 동안 세계의 대양을 넘나들었던 선원에게는 목숨을 맡기고 있는 항해 장비를 다루는 데 필요한, 복잡하고도 육지 사람들은 이해할 수 없는 명칭이나 명령에 쓰는 어휘가 있었다. 20세기 초 자동차가 대륙에 퍼져나가기 시작했을 때도 수십 개나 되는 생소한 새 단어가 쓰였고, 옛 단어에는 새로운 의미가 생겼다. 빅토리아 시대의 2륜 마차 마부는 자신의 손자가 어렵지 않게 사용했을 기어 전환, 클러치, 점화장치, 방풍 유리, 차동기어, 점화플러그, 기화기 같은 용어에 혼란스러워했을 게 분명하다. 그리고 다음에는 그 손자가 진공관이나 안테나, 주파수대, 튜너, 진동수 같은 단어에 똑같이 혼란스러워했을 것이다.

전자공학의 시대, 특히 컴퓨터의 출현은 폭발적인 속도로 신조어를 낳았다. 마이크로칩, 하드디스크, 레이저, CD롬, VCR, 카세트테이프, 메가바이트, 소프트웨어 같은 단어는 20세기 중반 이전에는 아무 의미가 없는 단어였다. 그리고 새천년이 다가오면서 더욱 생소한, 그리고 완전히 역설적인 단어가 정보처리 분야의 어휘에 등장했다. 바로 가상현실이었다.

초기 가상현실 장치가 만들어 낸 결과는 최초의 텔레비전 화면만큼이나 조잡했지만, 그것은 조만간 습관이 되기에, 심지어 중독되기에 충분할 정도로 인상적이었다. 넓은 화면에 비치는 입체 영상은 사용자의 주의를 완벽히 붙잡았기 때문에, 화면이 흔들리고 만화처럼 보인다는 품질 문제는 무시할 수 있었다. 선명도와 애니메이션이 꾸준히 발전하면서 가상 세계는 점점 더 현실에 가까워졌다. 하지만 머리에 부착하는 디스플레이나 자동제어로 작동하는 장갑 같은 어색한 장치를 이용하는 한 언제나 구별할 수 있었다. 환영을 완벽하게 만들어 두뇌를 완전히 속이기 위해서는 눈, 귀, 근육 같은 외부 감각기관을 무시하고 정보를 신경 회로에 직접 주입해야 했다.

'꿈꾸는 장치'라는 개념이 생긴 지 적어도 100년이 지나서야 두뇌 스캐닝과 나노 수술 기술의 발달이 이를 가능하게 했다. 최초의 장치는 최초의 컴퓨터처럼 여러 장비가 잔뜩 놓인 선반으로 가득 찬 방이었다. 그리고 역시 컴퓨터와 마찬가지로 놀랄 만한 속도로 소형화됐다. 대뇌 피질에 심어 놓은 전극을 통해 작동해야 하는 한 적용 범위는 제한적이었다.

진정한 약진은 브레인맨이 완성되면서 (한 세대의 의료전문가 전체가 불가능하다고 선언한 이후에) 일어났다. 수 테라바이트의 정보를 저장하는 메모리 장치가 광학섬유 케이블을 통해 원자 크기의 터미널이 말 그대로 수십억 개가 있는 모자와 이어졌다. 덕분에 아무런 고통 없이 두피와 접촉할 수 있었다. 브레인맨은 오락뿐만 아니라 교육 분야에서도 대단히 가치가 있었기 때문에 한 세대가 지나기 전에 여유가 있는 사람은 모두 하나씩 장만했다. 그리고 그 대가로 대머리를 받아들였다.

충분히 들고 다닐 만했지만, 브레인맨은 절대 휴대용이 아니었다. 지극히 온당한 이유 때문이었다. 완전히 가상 세계에 몰두한 채로 걸어 다닌다면, 아무리 익숙한 집 안에서라 하더라도 그리 오래 살지 못할 것이다.

간접 경험이라는 면에서, 특히 쾌락을 즐기는 기술의 빠른 발전 덕분에 성적인 면에서 브레인맨의 잠재성은 즉각 인정을 받았지만, 좀 더 진지한 응용 분야도 무시당하지는 않았다. 급히 지식과 기술이 필요하면 '메모리 모듈'이나 '기억칩' 같은 전문 자료를 통해 이용할 수 있었다. 무엇보다 사람들이 좋아했던 건 인생의 소중한 순간을 저장했다가 재생할 수 있는, 그리고 심지어는 좀 더 마음에 들게 편집할 수 있는 '토탈 다이어리'였다.

전자공학을 다뤘던 경력 덕분에 예언자 파티마 막델렌은 처음으로 크리슬람교의 교리를 퍼뜨리는 데 있어 브레인맨의 가능성을 인식했다. 물론 20세기에도 전파와 통신위성을 이용했던 선배 원격전도사가 있었지만, 골든버그가 쓸 수 있었던 기술은 훨씬 더 강력했다. 신념은 언제나 지성보다는 감정의 문제다. 그리고 브레인맨은 양쪽에 모두 직접 호소할 수 있었다.

21세기가 시작되고 10년이 채 지나지 않아 루비 골든버그에게 중요한 한 사람이 개종했다. 컴퓨터 혁명의 선구자 중 하나로, 매우 부유했지만 이제는 지쳐 버린 인물이었다. 골든버그는 그 사람에게 살아야 할 이유와 다시 한 번 창조력에 영감을 불어 넣어줄 의욕을 갖게 해 줬다. 그 사람은 의욕에 부응할 수 있는 수완을, 그리고 훨씬 더 중요한 인맥을 갖고 있었다.

당시 전자 형태로 돼 있던 세 종류의 코란을 통합하는 건 간단한 계획이었지만, 버전 1.0(일반용)은 시작에 불과했다. 그다음으로는 인터랙티브 판본이 나왔다. 신앙에 진정한 관심을 보이며 다음 단계로 나가고자 하는 사람을 위해서였다. 그러나 버전 2.0(제한)은 복제하기 너무 쉬운 나머지 금세 비공인 모듈 수백만 개가 유통됐고, 사실 이는 예언자가 의도한 바 그대로였다.

버전 3.0은 다른 문제였다. 여기에는 복제 방지 장치가 달렸고, 한 번 사용한 뒤에는 스스로 파괴됐다. 불신론자들은 그게 '아주 신성한 것'이라고 빈정거렸으며, 그 내용에 대해서는 끝없는 추측이 이어졌다. 크리슬람교의 낙원을 맛보기로 체험할 수 있는(하지만 들어가지는 못하고 밖에서만 들여다볼 수 있는) 가상현실 프로그램이 담겨 있다고들 했다.

불만을 품은 배교자가 폭로했음에도 불구하고 끝내 확인되지는 않았지만, 소문에는 버전 4.0의 '최고로 신성한 것'이 있다고 했다. 고급 브레인맨 장치를 통해 작동하며 정해진 개인만 사용할 수 있도록 신경학적으로 암호화돼 있다는 이야기였다. 허가받지 않은 사람이 썼다가는 치유할 수 없는 정신적 손상을 입을 수 있다고, 어쩌면 정신착란을 일으킬지도 모른다고 했다.

크리슬람교가 기술의 도움을 받은 건 사실이었지만, 두 옛 종교에서(이보다 좀 더 오래된 불교의 영향도 무시할 수 없었다) 가장 좋은 부분을 구현해낼 새로운 종교를 위한 때는 무르익어 있었다. 하지만 예언자가 마음대로 할 수 있는 영역 밖의 두 가지 요인이 아니었다면, 결코 성공하지 못했을지도 모를 일이었다.

첫 번째는 화석연료 시대를 순식간에 종식하고 이스라엘 화학자들이 '석유는 불이 아닌 식량을 위한 것!'이라는 구호를 내세우며 재건할 때까지 거의 한 세대 동안 이슬람의 경제 기반을 무너뜨렸던 '저온핵융합' 혁명이었다.

두 번째는 마르틴 루터가 비텐베르크 대학 교회 문 앞에 95개 조의 반박문을 못 박은 1517년 10월 31일에 시작된 기독교의 꾸준한 도덕적·지적 쇠퇴였다. 그 과정은 코페르니쿠스, 갈릴레오, 다윈, 프로이트에 의해 계속 이어졌고, 복음서의 예수가 서로 다른 세 명에(어쩌면 네 명) 바탕을 둔 인물이라는 사실을 밝힌 두루마리가 오랫동안 숨겨져 있다가 마침내 빛을 본 '데드 시게이트' 추문에서 절정을 맞았다.

그러나 최후의 일격은 바로 바티칸에서 나왔다.

17

교황의 메시지

"정확히 4세기 전인 1632년, 제 선임자인 교황 어반 8세는 끔찍한 실수를 저질렀습니다. 지구가 태양 주위를 돈다는, 지금 우리가 누구나 알고 있는 사실을 가르쳤다는 이유로 친구인 갈릴레오가 유죄판결을 받게 했습니다.

비록 1992년 갈릴레오에게 사과했다고는 해도 그 끔찍한 실수는 교회의 도덕적인 명망에 결코 회복할 수 없는 타격을 가했습니다.

안타깝지만 이제 훨씬 더 비극적인 실수를 인정해야 할 때가 왔습니다. 교회는 인공적인 방법에 따른 가족계획을 완강히 반대함으로써 수십억 명의 인생을 망쳐 놓았습니다. 그리고 얄궂게도 어쩔 수 없이 갖게 된 아이를 부양할 수 없는 사람이 낙태라는 죄를 짓도록 조장한 책임이 큽니다.

이 방침은 우리 종족을 파멸의 위기로 몰아넣었습니다. 총체적인 인구 과잉은 이 지구의 자원을 고갈시켰고 온 세계의 환경을 오염시켰습니다. 20세기가 끝날 무렵 모두가 그 사실을 깨달았지만, 아무 일도 하지 못했습니다. 아, 셀 수도 없을 만큼 많은 회의와 결의가 있었지만, 효과가 있었던 행동은 거의 없었습니다.

이제 오랫동안 꿈꿔 왔고, 오랫동안 두려워했던 과학의 도약이 위기를 재앙으로 바꾸려 합니다. 살만 교수와 번스타인 교수가 지난 12월 노벨 생리의학상을 받을 때 온 세계가 박수를 보냈지만, 그중 몇 명이나 그 성과가 사회에 가져올 충격을 생각했겠습니까? 제 요청으로 교황 학술원이 그 일을 했습니다. 결론은 만장일치였습니다. 그리고 불가피한 것이었습니다.

DNA를 보호해 노화를 늦출 수 있는 초산화효소를 발견한 일은 유전자 코드에 비견될 만큼 훌륭한 성취로 불려 왔습니다. 이제 건강하고 활동적인 인류의 삶이 최소한 50년 정도, 어쩌면 훨씬 더 길어지리라는 것은 분명해 보입니다. 그 처방이 상대적으로 비싸지 않을 것이라는 말 또한 들리고 있습니다. 그래서 우리가 원하든 그렇지 않든 미래는 100세 이상의 원기 왕성한 사람으로 가득 찬 세상이 될 겁니다.

학술원은 초산화효소 처방을 받으면 임신 기간이 30년 정도 늘어날 것이라고 제게 알려줬습니다. 이것이 암시하는 사실은 충격적입니다. 금욕에 호소하거나 소위 '자연스러운'

방법을 사용해 산아제한을 하려던 과거의 참담한 실패를 생각하면 특히 그렇습니다.

지난 몇 주 동안 세계보건기구의 전문가들이 회원 모두와 서로 연락을 취하고 있었습니다. 목적은 전쟁과 전염병이 있던 시대를 제외하고는 종종 논의했지만 결코 이루지 못했던 인구증가율 0을 가능한 한 빨리, 그리고 인도적으로 이뤄내는 것입니다. 그조차도 충분하지 않다면 인구증가율을 음수로 낮춰야 할지도 모릅니다. 앞으로 몇 세대 동안은 한 가정이 한 아이만을 갖는 게 보통이어야 합니다.

교회가 불가피한 상황에 저항할 만큼 어리석지는 않습니다. 특히 이렇게 변화가 급격한 상황에서는 더욱 그렇지 않습니다. 저는 곧 이 문제를 해결하는 데 길잡이가 될 회칙을 발표할 것입니다.

제 동료인 달라이 라마, 캔터베리 대주교, 유대교 최고 지도자, 이맘 마호무드, 그리고 예언자 파티마 막델렌과 상의를 모두 마친 뒤 초안을 작성했다는 점도 덧붙여 말씀드립니다. 모두 저와 의견이 완전히 같습니다.

여러분 중 많은 분이 교회가 과거에 죄악으로 비난했던 일을 이제 의무적으로 해야 한다는 사실을 받아들이기 어렵고 심지어는 괴로워하리라는 점을 알고 있습니다. 그러나 근본적으로 교리에 변화가 생긴 건 아닙니다. 태아가 생존하기만 하면 그 생명은 신성한 것입니다.

낙태는 여전히 죄악이며 앞으로도 항상 그럴 것입니다.

하지만 이제 더 이상 낙태에 대해 죄스러워할 이유도, 그럴
필요도 없습니다.

　어느 세계에서 듣고 계시든, 여러분 모두에게 축복이 있
기를 빕니다."

　　　　　　　　　— 요한 바오로 25세, 2032년 부활절,
　　　　　　　　　　지구-달-화성 뉴스 네트워크

18

엑스칼리버

태양계 전체를 아우르는 그 과학 실험은 역사상 규모가 컸다.

엑스칼리버 장치의 기원은 이제 거의 잊힌 '냉전'이라는, 지금은 정말 믿기 힘들 정도로 괴상한 시절로 거슬러 올라간다. 당시 초강대국 두 곳은 문명의 근간을 파괴하고 어쩌면 생물 종으로서 살아남는 일조차 위협할 수 있는 핵무기를 지닌 채 서로 맞서고 있었다.

한쪽은 '소비에트 사회주의 공화국 연방'이라고 자칭하는 존재였다. 훗날 역사학자들은 그게 소비에트(무슨 뜻이었던 간에)였을지는 모르지만, 연방도 사회주의도 공화국도 모두 아니었다는 사실을 즐겨 지적했다. 반대쪽은 미합중국이었는데, 그에 비교하면 상당히 정확한 이름이었다.

20세기의 마지막 4분의 1까지 두 적수는 하나하나가 도시를 날려버릴 수 있는 탄두를 장착한 장거리 로켓을 수천 개씩 갖고 있었다. 당연히, 그런 미사일이 목표에 도달하지 못하게 만들 방어용 무기를 만들려는 시도도 있었다. 100여 년 뒤 역장(力場)이 발견되기 전에는 이론상으로도 완벽한 방어는 불가능했다. 그런데도 부분적인 방어를 가능하게 해줄 대(對)미사일 미사일과 레이저를 갖춘 궤도 요새 건설에 미친 듯이 노력을 쏟아부었다.

그 시절을 돌이켜볼 때 계획을 진행했던 과학자들이 고지식한 정치가들의 순수한 공포를 냉소하며 이용했던 것인지, 아니면 그런 생각이 실용적인 수준으로 실현될 수 있다고 진심으로 믿었던 것인지는 확실히 알기 어렵다. '슬픔의 세기'라는 적절한 이름이 붙은 시절을 살지 않은 사람이 그들에 대해 너무 모진 평가를 하는 건 적절하지 않다.

당시 아이디어로 등장했던 방어용 무기 중에서 가장 황당했던 건 엑스선 레이저였다. 핵폭발로 생긴 엄청난 에너지를 수천 킬로미터 밖의 적 미사일을 파괴할 수 있을 정도로 강력한 고지향성 엑스선으로 바꿀 수 있다는 이론이 등장했다. 엑스칼리버 장치는(당연히도 완전한 세부 사항은 절대 공개되지 않았다) 가운데에 핵폭탄이 있고 모든 방향으로 가시가 나 있어, 마치 성게와 같은 모습이었다. 각 가시는 증발해 버리기 몇 마이크로초 동안 레이저를 쏠 수 있었고, 모두 서로 다른 미사일을 겨누었다.

그런 '한 번 쏘고 마는' 무기의 한계는 조금만 생각해도 떠올릴 수 있었다. 특히 상대하기 딱 좋을 만큼만 미사일을 쏘아줄 생각이 도통 없는 비협조적인 적을 상대로 했을 때는 말할 것도 없었다. 사실 원폭 레이저의 배경이 되는 기본 이론은 견실했다. 하지만 그걸 만드는 실질적인 어려움은 대단히 과소평가됐다. 결국, 계획을 완전히 포기하기까지 수천만 달러가 들어갔다.

그래도 완전히 낭비만 한 건 아니었다. 거의 한 세기가 지나서 '대미사일 방어용'이라는 개념이 되살아났다. 그런데 이번에는 인간이 아닌 자연이 만들어 낸 미사일이었다.

21세기의 엑스칼리버는 엑스선이 아닌 전파를 만들었다. 그리고 어느 특정한 목표가 아니라 천구 전체를 조준했다. 지금까지 만든 폭탄 중 가장 강력하며 앞으로 만들 폭탄 중에서도 가장 강력하기를 대부분이 바라는 기가톤급 폭탄은 태양 반대쪽의 지구 궤도 위에서 폭발했다. 통신망을 파괴하고 전자기기를 태워버릴 무서운 전자기파로부터 지구 전체를 가능한 한 보호하기 위해서였다.

폭탄이 폭발하면 전자기파는 두께가 불과 몇 미터인 껍데기처럼 빛의 속도로 태양계 전체로 퍼져나갔다. 몇 분 안에 지구 궤도를 둘러싸고 있는 탐지기는 태양, 수성, 금성과 달에서 반사돼 온 전파를 수신하기 시작했다. 그렇지만 누구도 여기에 관심을 두지는 않았다.

그 뒤 전파 폭발이 토성을 쓸고 지나가기 전까지 2시간 동안 점점 희미해지는 수십만 개의 반사 신호가 엑스칼리버의 데이터뱅크로 밀려들어 왔다. 이미 알고 있던 위성과 소행성, 혜성은 쉽게 포착했다. 그리고 분석이 끝났을 때는 목성 궤도 안에 있는 지름 1미터 이상의 천체들의 모든 위치를 확인했다. 이들을 모두 목록으로 만들고 향후 움직임을 계산하는 일은 몇 년 동안 우주 파수대의 컴퓨터를 점유하게 될 것이다.

그러나 일단 '간단히 살펴보기'만 해도 안심이 됐다. 엑스칼리버의 범위 안에는 지구를 위협하는 게 없었고, 인류는 안도했다. 심지어는 우주 파수대 계획을 취소해야 한다는 이야기도 나왔다.

몇 년 뒤 화성의 밀러 박사가 집에서 만든 망원경으로 칼리를 발견하자 왜 이 소행성을 놓쳤냐는 대중의 항의가 있었다. 답은 간단했다. 칼리는 그때 핵폭탄 레이더의 범위에서 한참 벗어나 있는 먼 궤도에 있었다. 만약 코앞에서 위협할 정도로 가까웠다면 엑스칼리버가 분명히 포착했을 것이다.

그러나 그 일이 있기 한참 전에 엑스칼리버는 경이롭고 전혀 예상하지 못했던 결과를 내놓은 적이 있었다. 단순히 위험을 포착한 것 이상이었다. 엑스칼리버가 위험을 만들어 낸 것이라고, 고대의 공포를 부활시켰다고 생각하는 사람이 많았다.

19

예상치 못한 대답

　세티(SETI, The Search for Extra-Terrestrial Intelligence, 외계 지적생명체탐사) 프로젝트는 한 세기가 넘는 세월 동안 점점 장비를 개선하고 주파수 대역을 꾸준히 넓혀 가면서 이뤄졌다. 잘못된 경보도 많았지만, 전파천문학자들은 단순한 우주 잡신호의 무작위 단편이 아니라 정말로 의미 있는 '무엇'일 수 있는 몇몇 가능성을 기록했다. 불행히도, 포착한 표본은 너무 짧아서 아무리 재간 있는 컴퓨터 분석으로도 그 신호가 지성 체에서 기원했는지는 밝힐 수 없었다.

　이 모든 건 2085년에 갑자기 바뀌었다. 예전에 세티에 열 광했던 사람 한 명이 이런 말을 한 적이 있었다. "신호가 온다 면 그게 진짜인지 확실하게 알 수 있을 것이다. 분명 잡신호 에 묻힌 미약한 신호는 아닐 것이다." 옳은 말이었다.

신호는 달의 뒷면에(현지 교통량에도 불구하고 아직 꽤 조용한 곳이다) 있는 작은 전파망원경이 일상적인 탐색을 하던 중 아주 선명하게 포착했다. 그 신호의 기원이 외계라는 데는 어떤 의혹도 있을 수 없었다. 신호를 받은 망원경은 바로 하늘에서 가장 밝은 별인 시리우스를 가리키고 있었다.

사람들은 일단 그 사실에 놀랐다. 시리우스는 태양의 대략 50배 정도로 밝아서 생명을 지닌 행성을 가질 가능성이 가장 적은 후보였다. 그 점에 대해 논쟁하던 천문학자들과 전 세계는 곧 훨씬 더 큰 충격을 받았다.

과거를 돌이켜 보면 너무 당연한 일이었지만, 누군가가 흥미로운 우연의 일치를 지적한 건 거의 24시간이 지나서였다.

시리우스는 8.6광년 떨어져 있었다. 그리고 엑스칼리버 계획은 17년 3개월 전의 일이었다. 전파가 왔다 갔다 할 수 있는 시간에 불과했다. 전자기 폭발을 수신한 것이 누구이든, 혹은 무엇이든 간에 그 존재는 시간을 허비하지 않고 즉시 답변을 보냈다는 뜻이었다.

마치 결론을 내려주겠다는 듯이, 시리우스에서 온 전파는 엑스칼리버 계획의 주파수인 5,400메가헤르츠와 정확히 일치했다. 그러나 한 가지 크게 실망스러운 점이 있었다.

모두의 기대와 달리 5,400메가헤르츠의 전파는 전혀 변조되지 않은 것이었다. 신호의 흔적은 없었다.

순수한 잡신호였다.

20

환생자

창시자가 평온하게 죽은 종교는 거의 살아남지 못한다. 파티마 막델렌이 후계자를 지명하려고 그렇게 노력했음에도 크리슬람교 역시 다르지 않았다.

첫 번째 불화는 모리스 골든버그라는 아들이 난데없이 나타나 상속권을 주장했을 때 생겼다. 모리스는 처음에 루비 골든버그의 아들을 사칭하는 사기꾼으로 비난을 받았지만, DNA 검사 이후 교단은 이 방어선을 포기해야 했다.

다음 단계로 모리스는 메카로 순례 여행을 떠났다. 비록 안전을 위해 카바*에 가까이 다가가지는 못했지만, 그 뒤부터 모리스는 자신을 '알 하지'**로 불러달라고 했다. 모리스가 이

---

* 메카에 있는 회교도가 가장 신성시하는 신전
** 순례를 마친 자

일에, 혹은 다른 어떤 일에라도 얼마나 진실했는지는 격렬한 논쟁의 대상이 됐다. 어머니의 진실성에 대해서는 그 어떤 심각한 의혹도 없었지만, 모리스 사후 대부분의 사람들은 이자가 운명이 안겨준 기회를 최대한 이용하려 했던 매력적이고 말주변 좋은 협잡꾼에 불과했다는 결론을 내렸다. 얄궂게도 모리스는 에이즈의 마지막 희생자 중 하나였는데, 사람들은 이 사실에서 온갖 결론을 끌어내곤 했다.

외부인이 보기에 모리스가 주장한 교리 논쟁은 대부분 사소했다. 해 뜰 무렵과 해 질 녘의 기도는 최소한의 조건인가, 베들레헴과 메카로 가는 순례 여행이 동등한 가치를 지니는가, 라마단의 단식 기간을 일주일로 줄일 수 있는가, 예수의 '나를 기억하며 포도주를 마셔라'라는 지시를 이슬람의 알코올 혐오와 어떻게 조화시킬 것인가 등등.

그러나 모리스가 죽은 뒤 다양한 분파 사이의 불화는 일단 수습이 됐다. 그리고 몇십 년간 크리슬람교는 꽤 단결하는 모습을 세상에 보여줬다. 달이나 화성까지는 거의 퍼지지 않았지만, 전성기 때는 1억 명이 넘는 신자를 확보해 크리슬람교는 지구에서 네 번째로 가장 대중적인 종교가 됐다.

크리슬람교의 두드러진 분열은 전혀 예상하지 못했던 '시리우스의 목소리'에서 비롯됐다. 수피 교도의 교의에 큰 영향을 받은 비밀 분파는 고도의 정보처리기술로 우주에서 온 수수께끼 같은 신호를 해석했다고 주장했다.

그보다 앞선 시도는 모두 완전히 실패했었다. 애초에 신호였는지는 모르겠지만, 그건 변조되지 않은 잡신호였다. 왜 시리우스인이 수고롭게 순수한 잡신호를 전송했느냐는 셀 수 없이 많은 이론을 낳은 수수께끼였다. 가장 인기 있었던 건 어떤 암호 체계로 보내는 비밀 메시지처럼 그저 잡신호로 보일 뿐이라는 이론이었다. 만약 해석했다는 주장이 사실이라면 그건 오로지 '환생자'들만이 통과한 지능검사일 수 있었다.

그래도 인공적인 게 분명한 이 잡신호는 한 가지 틀림없는 메시지를 전해줬다. "우리가 여기에 있다." 어쩌면 시리우스인은 지적인 정보를 보내기 전에 여러 통신 장치를 이용한 신호, 일종의 '전자 악수'를 기다리는 중일지도 몰랐다.

훗날 스스로 '환생자'들이라고 칭한 크리슬람교 광신자들은, 독창적이지는 않지만 훨씬 더 창의적인 해답을 갖고 있었다. 통신 이론의 초창기에 '순수한 잡신호'를 의미 없는 쓰레기가 아니라 가능한 모든 메시지를 합친 총체로 생각할 수 있다는 점을 누군가가 지적한 적이 있었다.

환생자들은 여기서 교묘하게 유추를 해냈다. "인류의 모든 시인과 철학자, 그리고 예언자가 동시에 이야기한다고 상상해 보라. 결과는 절대 이해할 수 없는 소리의 흐름일 것이다. 그렇다고 해도 그 안에는 인류 지혜의 총합이 들어 있을 것이다. 시리우스에서 온 메시지도 마찬가지다. 그건 신의 목소리와 같다. 그리고 오직 충실한 신도만이, 정교한 암호해독기와 심오한 알고리즘의 도움을 받아 이해할 수 있다."

신이 이야기한 게 정확히 무엇이냐는 질문에, 환생자들은 이렇게 대답했다. "때가 되면 알려 주겠다."

다른 사람들은 당연히 비웃었다. 하지만 환생자들이 신, 혹은 반대쪽 회선에 있는 미지의 존재와 대화를 시도하려고 달의 뒷면에 지름 1킬로미터의 접시형 안테나를 만들었을 때는 우려의 목소리가 나오기도 했다. 어떤 공식적인 우주 기관도 그런 움직임을 보여주지는 못했다. 적절한 답변이 무엇인지 합의에 이르지 못했기 때문이다. 실제로 많은 사람은 그저 조용히 있거나 그냥 바흐의 음악을 틀어주는 게 인류가 할 수 있는 최선이라고 생각했다.

그러는 동안, 시리우스인과 특별한 관계를 맺고 있다고 확신하고 있던 환생자들은 기도와 경의를 시리우스를 향해 쏘아 보냈다. 심지어 신이 아인슈타인을 만든 것이지 그 반대가 아니므로 광속의 제한을 받지 않는다고 주장하기도 했다. 17년이라는 시간 지연이 대화를 나누는 데 방해가 되지 않는다는 소리였다.

환생자들에게, 칼리의 발견은 계시를 보여주는 증거일 뿐이었다. 이제 운명을 알았으니, 이름에 걸맞게 살 준비를 할 뿐이었다.

적어도 지난 한 세기 동안은 교양 있는 사람이라면 거의 부활을 믿지 않았다. 예언자 파티마 막델렌은 현명하게도 그 화제를 피해 왔다. 세상의 종말이 다가오자 환생자들은 이렇게 말했다. "이제 그 생각을 진지하게 받아들여야 할 때"라고. 비싼 대가를 치르겠지만, 이들은 생존을 장담했다.

수백만 명이 이미 달이나 화성으로 떠날 계획을 세우고 있었다. 그러나 두 곳 모두 이미 인구 과잉 때문에 한정된 자원을 보호하기 위해 수용 인원에 제한을 두고 있었다. 어쨌든 간에 고작 몇 퍼센트만이 이 탈출로를 이용할 수 있을 것이다.

환생자들은 훨씬 더 야심적인 계획을 내놓았다. "단순한 안전을 넘어선 불멸."

이들은 가상현실의 오랜 염원이었던 목표를 달성했다고 발표했다. 완전한 인간을, 다시 말해 삶의 모든 기억과 그 기억을 경험해온 육체의 현재 정보를 10의 14제곱 비트라는 적당한 공간에 저장할 수 있다는 것이었다. 하지만 저장된 데이터의 재생, 그러니까 말 그대로 부활은 아직 몇십 년 더 연구해야 했다. 그렇게 하는 게 의미가 있을지는 몰라도 칼리가 도착하기 전에 끝내는 건 불가능했다.

하지만 이들에겐 아무 문제가 없었다. 환생자들은 이미 신의 확언을 받아 놓았다. 진실로 믿는 모든 사람은 달의 뒷면에 있는 전송기로 자신을 시리우스로 쏘아 보낼 수 있었다. 천국이 그쪽에서 기다리고 있으니까.

환생자들이 제정신인지 아닌지 궁금해하던 사람들 대부분은 이쯤에서 의심을 떨쳐 버렸다. 그들이 기술적으로 대단한 건 분명했지만, "다음 주 화요일에 세계가 종말을 맞을 때 특정한 사도만이 구원받을 것이다."라는 식의 뻔한 소리를 읊어왔던 여타 천년왕국 신봉자와 다를 바 없이 미쳐 있었다.

그때부터 환생자들을 다소 넌덜머리 나는 웃음거리로 치부할 수 있었다. 더 심각한 문제를 안고 있는 행성에서는 그런 기괴한 소리에 신경 쓸 여유가 없었다.

환생자들을 그리 취급한 것은 사실 이해할 수 있는 실수였다. 하지만 그것은 동시에 재앙이기도 했다.

제 4 부

21

불침번

데이모스 조선소는 선박을 킬로미터 단위로 건조한 뒤 고객이 필요한 길이만큼 잘라 쓰도록 했다. 생산품은 대부분 기본적으로 비슷했으며, 골리앗호도 예외는 아니었다.

골리앗호의 기본 틀은 삼각기둥 모양의 단일 구조물이었고, 전장(全長) 150미터에 한쪽 면의 길이는 5미터였다. 20세기 이전에 태어난 공학자에게는 믿기 어려울 정도로 연약해 보이겠지만, 탄소 원자를 말 그대로 겹겹이 쌓아 올리는 나노기술은 최고급 강철의 50배에 달하는 강도를 제공해주었다.

이 합성 다이아몬드에 골리앗호를 이루는 다양한 모듈이 달렸는데, 대부분은 쉽게 교환할 수 있었다. 가장 커다란 장비는 콩깍지 밖으로 나와 있는 완두콩처럼 기본 틀에 나란히 달린 둥근 수소탱크였다. 그에 비교하면 한쪽 끝에 있는 지휘, 서비스, 거주 모듈과 그 반대쪽에 있는 전력, 추진 유닛은 뒤늦게 추가한 모양새였다.

골리앗호의 선장으로 선임되었을 때 로버트 싱이 바랐던 건 화성에서 은퇴하기 전에 몇 년 동안 평화롭게, 가능하다면 지루하게 지낼 수 있는 우주 임무였다. 비록 70세밖에 되지 않았지만, 활력이 분명히 떨어지고 있었다. 목성 궤도의 앞쪽으로 60도에 있는 T1 트로이 지점에서 근무하고 있을 때는 거의 휴일이나 마찬가지일 것이다. 해야 할 일이라고는 천문학자와 물리학자로 이뤄진 승객들이 연구하는 동안 편안하게 만들어주는 게 전부였다.

골리앗호는 연구용 선박으로 분류돼 있었기 때문에 행성 간 과학 예산에 따라 지원을 받았다. 12억5천만 킬로미터 떨어진 T2 지점의 헤라클레스호도 마찬가지였다. 둘은 태양, 목성과 함께 거대한 다이아몬드 모양을 만들었다. 그 모양은 절대 변하지 않았고, 4,333지구일인 1목성년마다 태양 주위를 한 번 공전했다.

두 우주선은 오차가 1센티미터 이내인 레이저 빔으로 연결돼 있었는데, 다양한 과학 연구에 이상적인 배열이었다. 초문명의 우주공학으로 일으킨 블랙홀의 충돌, 혹은 상상도 하지 못할 다른 무엇인가가 일으키는 시공간의 물결을 골리앗호와 헤라클레스호에 실린 장비가 검출할지도 몰랐다. 그리고 두 우주선의 수신기는 10억 킬로미터가 넘는 전파망원경을 형성할 수 있어서 이미 우주의 먼 지역을 전례가 없는 정확도로 지도화하는 게 가능했다.

그렇다고 해서 쌍둥이 트로이 지점에 있는 연구자들이 거리가 고작 수백만 킬로미터에 불과한 다른 이웃들을 무시하지는 않았다. 막강한 중력에 붙잡힌 소행성을 수백 개 관찰했고, 가까운 곳은 여러 군데 다녀오기도 했다. 첫 발견 이래 3세기 동안보다 이 몇 년 사이에 인류는 이들 작은 천체의 구성에 대해 더 많은 사실을 알 수 있었다.

구성원의 변화와 점검, 장비 갱신을 위해 데이모스로 가는 정기 귀환이 아니면 깨지지 않는 평온 무사한 일상은 지금까지 30년 이상 이어졌고, 골리앗호와 헤라클레스호를 만든 원래 목적을 기억하는 사람은 거의 없었다. 심지어 승무원조차 자신들이 3천 년 전 트로이의 바람 부는 성벽을 순찰하던 파수꾼처럼 불침번 임무를 수행 중이라는 사실을 좀처럼 떠올리지 못했다. 하지만 그들은 호메로스가 상상조차 하지 못했을 적(敵)을 기다리고 있었다.

22

일상

태양과 목성으로부터 같은 거리만큼 떨어진 곳에서 수행해야 하는 싱 선장의 임무는 태양계에서 가장 외로운 일로 불렸지만, 그가 외로움을 느끼는 일은 좀처럼 없었다. 싱은 종종 자신의 상황을 쿡 선장*이나, 부당하게 비난을 받은 블라이 선장** 같은 과거의 위대한 항해자와 비교해 보곤 했다. 이들은 기지, 가족과 몇 달, 혹은 몇 년 동안 통신이 끊긴 채로 항해했다. 그리고 소수의 동료 장교, 다수의 교양 없고 불손한 바다 사나이들과 혼잡하고 비위생적인 공간에서 살을 맞대고 지내야 했다. 폭풍, 암초, 적병, 그리고 적대적인 원주민

---

* 제임스 쿡. 18세기 영국의 탐험가
** 윌리엄 블라이. 영국 해군 함장으로 바운티호의 함장을 지내던 1789년 선상 반란으로 쫓겨났다.

같은 외부 위험은 차치하고서라도 과거의 선상 생활은 지옥에 가까웠을 게 분명했다.

골리앗호는 전장이 30미터였던 쿡 선장의 인데버호보다도 오히려 거주 공간이 그리 많지 않은 게 사실이었다. 그러나 중력이 없으면 공간을 훨씬 더 효율적으로 쓸 수 있다. 그리고 당연히 승무원과 승객이 이용할 수 있는 오락 시설은 비교할 수 없을 만큼 월등했다. 심심하다면 인류의 예술과 문화가 (심지어 몇 분 전까지) 만들어 낸 모든 것을 이용할 수 있었다. 유일하게 견뎌야 하는 문제라면 지구까지의 시간 지연 정도뿐.

매달 화성이나 달에서 고속 셔틀이 골리앗호로 와서 새 얼굴을 내려주거나 휴가를 맞아 집으로 가는 사람을 태워가곤 했다. 간절히 기다렸던 '우편선'이 전파나 광통신으로 보낼 수 없는 품목을 싣고 도착하는 일만이 매일 같은 일상의 유일한 변화였다.

선내 생활이 기술적이거나 심리적인, 혹은 심각하거나 사소한 문제에서 절대 자유롭지만은 않았지만.

*

"자미에슨 교수님?"

"네, 선장님."

"다윗이 교수님의 운동 기록을 알려줬는데, 최근에 트레드밀 운동을 두 번 빼먹으신 것 같군요."

"어…, 그게 뭔가 착오가 있나 본데요."

"그렇군요. 그런데 착오를 한 게 누굴까요? 다윗과 연결해 드리죠."

"아, 어쩌면 제가 한 번 빼먹었나 봅니다. 아킬레스에서 가져온 표본을 분석하느라 너무 바빴거든요. 내일 하도록 하죠."

"확실히 하세요, 교수님. 지루하다는 건 압니다. 하지만 정해진 시기에 맞춰서 지구 중력의 반까지라도 올려놓지 않으면, 지구는 고사하고 화성에서도 걸을 수 없게 될걸요. 선장이었습니다. 이상."

＊

"캐럴이 보낸 소식입니다, 선장님. 15일에 토비가 스미소니언에서 콘서트를 연다고 합니다. 캐럴 말로는 꽤 특별한 행사가 될 거랍니다. 그곳에 브람스의 진품 콘서트용 그랜드피아노가 있는데, 토비가 자작곡 한 곡과 라흐마니노프의 파가니니 변주곡을 연주한다고 합니다. 전부 보기를 원하십니까, 아니면 음향만 원하십니까?"

"어느 쪽이든 즐길 시간은 없을 텐데. 그래도 토비의 기분을 상하게 하고 싶지는 않군. 내 축하의 말을 전해주고, 완전한 기억칩을 주문해 줘."

＊

"자워스키 박사님?"

"네, 선장님."

"박사님 실험실에서 이상한 냄새가 납니다. 몇 사람이 불평을 해왔어요. 공기정화기가 제대로 작동하지 않는 것 같군요."

"냄새요? 이상한 일이네요. 저는 아무 냄새도 못 맡았거든요. 그래도 바로 알아보겠습니다."

✳

"선장님, 주무시는 동안에 차메인에게서 연락이 왔습니다. 급한 일은 아니지만, 선장님의 화성 시민권을 열흘 안에 갱신하지 않으면 소멸한다고 합니다. 현재 화성까지 전송하는 데 걸리는 시간은 22분입니다."

"고마워, 다윗. 지금은 처리할 수 없으니 내일 이 시간에 다시 알려줘."

✳

"연구조사선 골리앗호의 선장 싱이 〈태양계 뉴스 네트워크〉에게. 며칠 전 귀하의 보고는 잘 받았으나, 심각하게 고려하지는 않았음. 그런 미치광이들이 아직 있을 줄은 몰랐음. 우리는 아직 어떤 외계 우주선과도 조우한 적 없음. 그러면 우리가 소식을 전할 테니 안심 바람."

✳

"소니?"

"네, 선장님."

"어젯밤 식탁 장식은 멋졌어. 그런데 내 비누가 또 떨어졌어. 다시 채워주겠나? 이번엔 소나무 향으로. 라벤더 향은 이제 넌더리가 나."

*

일반적인 여론에 따르자면, 소니는 우주선에서 두 번째로 중요한 인물이었다. 어떤 사람은 선장보다 더 중요한 사람으로 여기기도 했다.

우주선의 사무장이라는 공식 지위는 골리앗호에서 소니 길버트가 하는 역할에 대해 겨우 실마리만 제공할 뿐이었다. 소니는 사람이나 기술에 대한 문제 모두를(적어도 평범한 살림살이 수준에서는) 똑같이 잘 처리할 수 있는 미스터 수리왕이었다. 말썽 많은 청소 로봇도 소니가 근처에 있을 때는 작동하기 시작했고, 사랑에 가슴이 아픈 젊은 과학자들은 남녀를 막론하고 선내 심리프로그램보다 소니를 더 신뢰하는 것 같았다. (소니가 실물과 가상 양쪽의 섹스 기구를 놀라울 정도로 다양하게 보유하고 있다는 소문이 싱 선장의 귀에도 들어온 적이 있었다. 그러나 현명한 지휘관이라면 굳이 알려고 하지 않는 편이 좋은 일도 있는 법이다.)

어떤 기준으로 봐도 소니가 선내의 누구보다 지능지수가 낮다는 사실은 전혀 중요하지 않았다. 효율성, 좋은 성격, 그리고 순수한 친절만 있으면 상관없었다. 골리앗호를 방문 중이던 유명한 우주론 연구자가 홧김에 소니를 '바보'라고 불렀을 때, 싱 선장은 그 연구자를 호되게 꾸짖고 사과하라고 했다. 사과를 거부하자 싱은 지구 측의 격한 항의에도 불구하고 바로 다음 셔틀로 그를 집에 보내버렸다.

이건 예외적인 사례였지만, 골리앗호의 승무원과 과학자 승객 사이에는 언제나 모종의 긴장감이 맴돌았다. 대체로 나름대로 온화한 분위기였고, 신랄한 표현이나 가끔은 농담으로 나타나기도 했다. 하지만 특이한 문제가 생겼을 때는 공식적인 임무에 개의치 않고 모두가 전심전력으로 협력했다.

다윗이 골리앗호의 운영시스템을 쉬지 않고 감시하고 있었기 때문에, 24시간제 당직은 필요 없었다. '낮' 동안에는 알파 팀과 브라보 팀이 모두 깨어 있었지만, 두 팀 중 하나만 근무 중이었다. 그러고 나서 우주선 전체가 8시간 동안 폐쇄됐다. 만일 긴급 사태가 발생한다면, 어떤 인간도 다윗보다 신속하게 반응할 수 없었다. 만에 하나 다윗도 처리할 수 없는 상황이라면, 양쪽 팀 모두 그냥 자고 있게 내버려 두는 게 더 친절한 일일 것이다.

우주선의 '낮'은 0600 표준시에 시작이었다. 전원을 수용하기에는 식당이 너무 작아서 먼저 근무하는 팀이 6시 30분에 시작되는 아침 식사에 대한 우선권을 갖고 있었다. 브라보 팀은 7시에 먹었으며, 과학자 승객은 7시 30분까지 기다려야 했다. 하지만 스낵 자동판매기는 언제나 이용 가능해서 아직 누구도 배를 곯은 적은 없었다.

8시 정각에 싱 선장은 그날의 일정을 요약해 준 뒤 중요한 뉴스를 전달했다. 그러면 알파 팀은 각자 맡은 곳으로 흩어졌고, 과학자들은 실험실과 제어장치를 찾아갔다. 그리고 브라보 팀은 작지만 쾌적한 침실로 사라져 간밤의 TV 방송을 보거나 우주선의 정보 및 오락 시스템에 접속하거나 공부를 했다. 그렇지 않으면 14시 교대 전까지 각자 볼일을 봤다.

명목상의 일정은 그랬다. 그러나 그 일정이 예정에 있건 없건 여러 가지 일 때문에 틀어지는 경우가 많았다. 그중 가장 재미있는 일은 지나가는 소행성에 다녀오는 여행이었다.

싫증이 난 천문학자 한 명이 "소행성 하나를 봤다면 모두 다 본 것이나 마찬가지"라고 평한 적이 있지만, 그건 사실이 아니었다(그 사람은 충돌하는 은하의 전문가였으므로 그런 세세한 천체에 대한 무지는 이해할 만했다). 사실 소행성은 1천 킬로미터 폭의 세레스부터 작은 아파트만 한 이름 없는 바위까지, 그 다양한 크기만큼이나 다채로웠다.

사실 소행성은 대부분 지구나 달의 아주 흔한 바위와 다를 바 없었다. 알프스나 히말라야 지방의 독창적인 건축가가 고급 건축 재료로 명시한, 현무암과 화강암 같은 바위들로 나머지는 주로 금속이었다. 철, 코발트, 그리고 더 희귀한 원소로는 금과 백금도 있었다. 몇몇 작은 소행성은 상업적인 변성 기술이 금을 구리나 납같이 훨씬 더 유용한 금속보다 조금 더 싸게 만들어 놓기 전에는 1조 달러의 가치가 있었다.

하지만 과학 분야에서 가장 흥미로운 소행성은 얼음과 탄소화합물을 듬뿍 가지고 있는 종류였다. 몇몇은 사멸한 혜성,

혹은 요동치는 중력의 조수가 언젠가 태양이라는 불덩어리를 향해 슬쩍 밀어버리면 혜성이 될 존재였다.

탄소질 소행성은 아직 많은 수수께끼를 지니고 있었다. 그중 어떤 것에는 (그 증거는 아직 격렬한 논쟁의 대상이었지만) 이전에 훨씬 더 큰 천체의, 어쩌면 바다가 있었을 정도로 적당히 따뜻하고 큰 세계의 일부였다는 흔적이 있었다. 그리고 만약 그랬다면, 생명체가 있을 수도 있지 않은가? 고생물학자 몇 명은 소행성에서 화석을 발견했다고 주장해 명성에 흠집을 내기도 했다. 동료 대부분이 그 생각을 조롱했지만, 결론은 아직 나지 않았다.

흥미로운 운석이 범위 안으로 들어올 때마다 골리앗호의 과학자들은 정반대인 두 그룹으로 나뉘는 것만 같았다. 아직 그 갈등이 한 번도 폭발한 적은 없었지만, 식사 때의 자리 배열은 미묘한 변화를 겪게 마련이었다. 소행성 지질학자들은 서두르지 않고 조사할 수 있도록 우주선과 실험 장비 모두를 옮겨서 목표와 랑데부하기를 원했다. 우주론 연구자들은 필사적으로 이에 맞섰다. 세심하게 측정한 기준선이 변하기 때문이었다. 게다가 간섭계도 모두 망가질 것이었다. 고작 보잘것없는 돌덩어리 몇 개 때문에.

거기에도 일리가 있었다. 결국, 지질학자들은 적당히 타협하곤 했다. 지나가는 작은 소행성은 탐사용 로봇을 보내 표본을 채집해서 가장 기초적인 조사를 할 수 있었다. 아무것도 안 하는 것보다는 나았다. 하지만 소행성이 100만 킬로미터 이상 떨어져 있다면, 골리앗호-탐사선-골리앗호로 이어지는 시간 지연을 참기 어려웠다. 한 지질학자는 이렇게 불평했다. "망치를 휘두르고 몇 분이 지나서야 빗나갔는지 알 수 있다는 걸 어떻게 생각하나요?"

그래서 파트로클로스나 아킬레스 같은 정말 중요한 트로이 소행성이 지나가면 열성적인 과학자를 위해 함재정을 사용할 수 있게 해주었다. 함재정은 가족용 자동차보다 그다지 크지는 않아도 조종사와 승객 세 명에게 일주일 동안 기본적인 생명 유지 수단을 제공했고, 생소한 작은 세계를 꽤 자세히 조사할 수 있게 해주었으며, 잘 정리한 견본을 수백 킬로그램씩 가지고 돌아오기도 했다.

싱 선장은 그런 원정을 두세 달에 한 번씩은 배정해야만 했다. 선내 생활에 다양성을 가져오는 일이라 반가웠다. 그리고 그런 바위 파헤치기에 가장 경멸을 많이 표현했던 과학자들조차도 다른 사람과 마찬가지로 들어오는 영상을 열심히 봤다는 점은 주목할 만했다.

그런 이들은 다양한 변명을 늘어놓았다.

"내 몇 대조 조상이 암스트롱과 올드린이 달에 첫발을 딛는 모습을 보면서 느꼈을 감정을 느끼는 데 도움이 돼서."

"한동안 돌 수집가를 적어도 세 명은 치워버릴 수 있잖소. 식사 때도 공간이 더 많이 남기도 하고."

"내 말을 인용하지는 말아요, 선장. 그런데 만약 누군가가 이전에 태양계를 방문한 적이 있다면 여기가 쓰레기를 남겨

놓았을 만한 곳이라고요. 아니면 우리가 이해할 만큼 진보했을 때 발견할 수 있는 어떤 메시지라거나."

여태껏 아무도 방문한 적이 없는, 그리고 아마도 앞으로 두 번 다시 방문하지 않을 이상하고 조그만 풍경 위를 동료들이 떠다니는 모습을 보면 싱 선장은 가끔 우주선을 벗어나 우주 공간의 자유를 즐기고 싶은 충동을 느꼈다. 정 원했다면 아마 적당한 핑계를 대고 그렇게 할 수도 있었을 것이다. 그리고 일등 항해사도 한동안 기꺼이 선장 직무를 대행해 줄 것이다. 그러나 싱 선장은 비좁은 함재정에서 화물관리인이나 (귀찮은 존재가 되지나 않으면 다행이었다) 하고 있어야 했고, 사실 그조차도 특권이었다.

그래도 떠다니는 세계로 이뤄진 진정한 사르가소해의 중심에서 몇 년을 보내면서 그중 한 곳에도 발을 디뎌 보지 못한다는 건 애석한 일이었다.

언젠가 무슨 수를 내기는 해야 했다.

23

경보

그건 마치 트로이의 성벽 위에 서 있던 파수병이 멀리 떨어진 곳의 창끝에서 햇빛이 반사돼 번쩍이는 모습을 처음 발견했을 때와 같았다. 순식간에 모든 것이 변했다.

그래도 위험이 닥치려면 1년이 넘게 남았다. 두렵기는 했어도, 위기가 당면했다는 의식은 없었다. 사실 초기의 다급했던 관측이 잘못됐을지 모른다는 희망이 아직 있었다. 어쩌면 새로운 소행성은 결국 지구를 비켜나갈지도 몰랐다. 지난 시절 수많은 다른 소행성이 그랬던 것처럼.

다윗은 0530 표준시에 싱 선장을 깨워 그 소식을 전했다. 다윗이 선장의 잠을 중단시킨 건 이번이 처음이었다.

"죄송합니다, 선장님. 하지만 이건 절대적인 우선순위로 분류돼 있습니다. 이전에는 이런 걸 본 적이 없습니다."

싱 선장도 마찬가지였다. 잠이 확 깼다. 우주팩스를 읽으며 그 안에 담긴 지구와 소행성의 궤도를 보던 싱 선장은 차가운 손이 심장을 움켜쥐는 느낌을 받았다. 어디선가 실수했기를 기원했다. 하지만 그걸 보는 첫 순간부터 싱 선장은 최악의 상황임을 의심하지 않았다.

그러고 나자 역설적으로, 의기양양한 기분이 엄습했다. 이것이야말로 수십 년 전 골리앗호를 건조한 이유였다.

그리고 이건 운명의 순간이었다. 아직 어렸을 때 무지개만 위에서 싱 선장은 한 가지 도전에 직면해 극복한 적이 있었다. 이제 그는 이루 말할 수 없을 정도로 더 거대한 도전에 직면하게 된 것이다.

이게 바로 로버트 싱이 태어난 이유였다.

＊

배고픈 사람에게는 절대로 나쁜 소식을 전해서는 안 된다. 싱 선장은 승선 인원 모두가 아침 식사를 마치기를 기다렸다가, 지구에서 온 우주팩스와 1시간 뒤에 도착한 속보를 내보냈다.

"모든 일정, 모든 조사 계획은 당연히 취소됩니다. 과학 스태프는 다음 셔틀로 화성으로 돌아가며, 우리는 이 우주선, 아니 그 어떤 우주선에라도 가장 중요한 임무가 될 게 분명한 일을 준비할 겁니다.

지금 세부 사항을 정리하는 중인데, 나중에 바뀔 수는 있습니다. 다들 아시겠지만, 몇 년 전에 적당한 크기의 소행성을 비켜나가게 할 수 있는 추진 장치를 만드는 계획이 있었습니다. 이름도 있는데…, '아틀라스'라고 하지요. 임무와 관련된 요소가 정해지는 대로 그 계획이 최종 승인될 겁니다. 그리고 데이모스 조선소 역시 건조 속도를 높이겠지요. 다행히 추진 탱크, 추진기, 제어장치, 그리고 그걸 한데 묶을 구조물이 모두 표준 품목입니다. 따라서 미소조립장치는 며칠 안에 아틀라스를 만들 수 있을 겁니다.

그리고 아틀라스는 골리앗호와 결합해야 하므로, 우리는 가능한 한 빨리 데이모스로 가야 합니다. 여기 있는 사람 몇 명은 화성에서 가족을 만날 수도 있을 겁니다. 옛날 지구에 '아무에게도 이롭지 않은 바람이란 없다'란 속담이 있지요.

이후 우리는 비어 있는 아틀라스를 목성까지 운반하는 데 딱 충분할 만큼의 추진제만 가지고 갑니다. 그리고 유로파 궤도의 연료농장에서 보급을 받습니다. 그러고 나면 진짜 임무가 시작됩니다. 소행성과 랑데부하는 일 말이지요. 그때쯤이면 지구와 충돌하기까지, 뭐 물론 충돌한다면 말이지만, 7개월밖에 안 남을 겁니다.

우리는 소행성을 조사하고, 알맞은 장소를 찾아 아틀라스를 설치하고, 모든 장치를 점검한 뒤 추진을 시작해야 합니다. 물론 질량이 10억 톤인 물체에 미치는 영향은 미미해서 측정하기도 힘들겠지요. 그러나 소행성이 화성 궤도를 지나기 전에 몇 센티미터만 비켜나가게 해도 수백 킬로미터 차이로 지구를 빗나가게 하기에 충분합니다."

싱 선장은 잠시 말을 멈췄다. 약간 당황스러웠다. 지금 한 말은 모두 승무원에게는 기본적인 내용이었다. 하지만 지질학자나 우주화학자에게는 생소할 것이다. 싱 선장은 이들이 궤도 계산은 고사하고 케플러의 제3 법칙을 알고나 있는지 정말로 의심스러웠다.

"저는 사기를 북돋는 연설을 잘 못 합니다. 그게 필요하다고 생각하지도 않습니다. 여러분 모두 우리가 무엇을 해야 할지를, 또 낭비할 시간이 없다는 사실을 알고 있을 겁니다. 지금 낭비하는 며칠이 나중에 소행성이 무사히 지구를 스쳐 날아가는 것과 역사, 적어도 지구의 역사가 종말하는 것 사이의 차이를 만들어 낼 수 있습니다.

한 가지 더. 이름이 아주 중요하지요. 우리 주위에 있는 트로이 소행성을 보시죠. 우리는 방금 IAU(International Astronomical Union, 국제 천문학 연합)에서 공식 명칭을 전달받았습니다. 어떤 학자가 힌두 신화를 조사하다가 죽음과 파괴의 여신을 만났더군요.

그 이름은 '칼리'라고 합니다."

24

휴가

"실제로 화성인은 어때요, 아빠?"

싱 선장은 다정한 표정으로 딸을 바라보았다. 딸이 사는 행성은 딸아이가 태어난 뒤로 태양을 다섯 바퀴밖에 돌지 않았지만, 딸의 나이는 공식적으로 여섯 살이었다. 어떤 아이도 생일이 다시 돌아오기까지 687일이나 걸린다는 사실을 받아들이기 힘들었다. 그래서 지구의 달력은 여전히 쓰이고 있는 유물이었다. 그게 마침내 폐기된다면 화성과 모행성의 접점이 하나 더 끊어지게 될 것이다.

"그걸 물어볼 줄 알았다." 싱 선장이 대답했다. "그래서 계속 찾아봤지. 들어 봐…."

"'살아있는 화성인을 한 번도 본 적이 없는 사람들은 그 끔찍하고 기이한 생김새를 상상도 할 수 없었다. 뾰족한 윗입술과 특이한 V자 모양의 입, 이마는 없고, 쐐기처럼 생긴 아랫 입술 밑에는 턱도 없고, 이 입이라는 건 쉴 새 없이 떨고 있다. 고르곤이….'"

"고르곤이 뭐에요?"

"'촉수가 있는 고르곤이…'"

"으웩!"

"'…그중에서도 거대한 눈은 유난히 강렬해서 치명적이고 강력하며 부자연스럽고 끔찍했다. 기름기 많은 갈색 피부에는 곰팡이 같은 게 피어 있었고, 느릿느릿하게 움직이는 꼴 사나운 신중함은 이루 말할 수 없을 정도로 역겨웠다.' 자, 이제 알겠지."

"뭘 읽고 있어요? 아! 화성 디즈니랜드 안내서! 우리 언제 가요?"

"어떤 어린 아가씨 하나가 숙제를 얼마나 잘하느냐에 달렸지."

"그런 게 어딨어요, 아빠! 아빠가 온 뒤로는 시간이 없었 잖아요."

싱 선장은 잠시 자책했다. 아틀라스를 조립하고 점검하는 데이모스 조선소에서 몸을 잠시 뺄 수 있을 때마다 어린 딸과 아직 아기인 아들을 독차지할 작정이었다. 화성에 내리면 조용히 가족을 찾아가 보려고 했던 그의 바람은 포트 로웰에서 기다리는 기자들을 봤을 때 즉시 무너져버렸다. 싱 선장은 자신이 그 행성에서 두 번째로 유명한 인물이라는 사실을 미처 깨닫지 못했다.

　가장 유명한 사람은 당연히 밀러 박사였다. 칼리를 발견한 일은 인류 역사의 그 어떤 사건보다도 더 많은 삶을 바꾸어 놓았고, 앞으로도 바꾸어 놓을 것이다. 대여섯 번 정도 온라인으로 연락한 적은 있지만, 두 사람은 아직 직접 대면해 본 적이 없었다. 싱 선장은 그 만남을 피했다. 새롭게 더 이야기할 게 없었다. 게다가 그 아마추어 천문학자가 예상치 못한 명성에 적절히 대처하지 못한 건 분명했다. 밀러 박사는 거만해지고 생색을 냈으며, 항상 칼리를 '내 소행성'이라고 불렀다. 아마도 조만간 화성 사람들은 밀러 박사에 대한 평가를 실상에 맞게 깎아내릴 것이다. 개척민들은 그런 일에 매우 능한 사람들이었다.

＊

　'화성 디즈니랜드'는 지구에 있는 유명한 선조에 비하면 작았다. 그러나 일단 안에 들어서면 결코 그렇다고 할 수 없었다. 디오라마와 홀로그래피 영상은 한때 사람들이 믿었거나 꿈꿨던, 그리고 언젠가 그렇게 될 거라고 희망하는 화성의 모습을 보여주었다. 브레인맨을 이용해도 완전히 똑같은 경험을 제공할 수 있다고 투덜거리는 이들도 있었지만, 그건 전혀 '진짜'가 아니었다. 진짜 지구의 바위 조각을 쓰다듬는 화성 어린이를 보기만 하면, 누구든 그 차이에 감사하게 마련이었다.

마틴은 여행을 즐기기에는 너무 어려서 가정용 로봇 도카스의 최신형 모델이 안전하게 보살피고 있었다. 미렐도 사실은 보는 것을 모두 이해할 만큼 나이가 많지는 않았다. 하지만 부모는 미렐에게 결코 잊을 수 없는 일이 될 거라는 사실을 알고 있었다. 미렐은 H. G. 웰스의 촉수 달린 화성인이 원통형 우주선에서 나타나자 무서우면서도 즐거워서 꺅꺅 비명을 질러댔으며, 괴물 같은 세 발 로봇이 이국적인 외국 도시인 빅토리아 시대 런던의 황폐한 거리를 활보하는 모습을 두려운 마음으로 지켜보았다.

그리고 미렐은 헬리움의 아름다운 공주, 데자 토리스도 매우 좋아했다. 공주가 "바숨에 오신 것을 환영해요, 미렐!" 하고 인사했을 때는 아주 좋아서 넘어갈 뻔했다. 그러나 존 카터*는 시나리오에서 거의 찾아볼 수 없었다. 그런 피에 굶주린 인물은 화성의 상공회의소가 장려하는 유형의 이주민이 결코 아니었기 때문이다. 칼이라니! 아주 조심스럽게 다루지 않는다면, 무책임하고 흉악한 마음으로 만든 그런 금속 조각은 관람객에게 심각한 상처를 입힐지도 몰랐다.

미렐은 버로스가 화성 풍경에 아낌없이 뿌려 놓은 기이한 짐승도 무척 좋아했다. 그러나 버로스가 다소 가볍게 넘어가 버린 우주생물학의 한 부분에 혼란스러워했다.

---

* 데자 코리스와 존 카터는 모두 에드거 라이스 버로스의 SF 《화성의 공주》에 나오는 등장인물이다.

"엄마." 미렐이 말했다. "나도 알에서 태어났어요?"

차메인은 웃었다.

"그렇기도 하고 아니기도 하지." 차메인이 대답했다. "그런데 데자가 낳은 것처럼은 분명히 아니야. 집에 가면 그 차이를 설명해 달라고 도서관에 물어보자."

"그리고 정말로 사람들이 밖에서 숨 쉴 수 있게 공기를 만드는 기계도 있었어요?"

"아니. 하지만 옛날에 버로스가 제대로 생각한 건 맞아. 그게 바로 우리가 시도하려는 거야. 브래드버리 관을 지나면 알 수 있을 거란다."

그때 언덕 사이에서 이상한 물체가 나타났다.

비췻빛 곤충, 마치 사마귀 같은 기계가 차가운 공기를 헤치며 우아한 동작으로 재빨리 달려왔다. 수없이 많은 녹색 다이아몬드가 반짝이며 몸을 덮고 있었고, 빨간 보석으로 된 겹눈이 빛을 냈다. 다리 여섯 개는 잦아드는 빗소리 같은 소리를 내며 고대의 고속도로 위를 움직였다. 그리고 그 기계의 등 뒤에는 황금빛 눈을 한 화성인 한 명이 마치 우물 속을 들여다보듯 토마스를 내려다보고 있었다.*

미렐은 상대방에게 있어 서로 환영(幻影)인 지구인과 화성인이 어둠 속에서 만나는 장면에 사로잡혔지만, 한편으로는

---

* 레이 브래드버리, 《화성연대기》 중 단편 〈한밤의 조우〉

혼란스러워하기도 했다. 언젠가 미렐은 그게 시간의 심연을 가로질러 두 시대가 무상하게 만나는 장면이었다는 내용을 이해하게 될 것이다. 미렐은 사막 위를 미끄러지는 우아한 모래선, 차가운 모래 위의 강렬한 불새, 거미줄을 내뿜는 황금 거미, 넓은 녹색 운하를 따라 핀 청동색 꽃처럼 떠다니는 배를 매우 좋아했다. 그리고 수정도시가 지구인 침략자 앞에서 산산이 무너져 내릴 때 눈물을 흘렸다.

"과거에 절대 그러지 않았던 화성에서 미래에 그렇게 될 화성까지." 마지막 전시실의 입구에 있던 표지판에는 이렇게 쓰여 있었다. 싱 선장은 그 '그렇게 될'이라는 단어에서 살짝 웃지 않을 수 없었다. 자기 확신으로 가득한 전형적인 화성인 다웠다. 늙고 지친 지구에서라면 '아마도'라는 말이 쓰여 있었을 것이다.

마지막은 단순한 구식 전시관에 가까웠지만, 효과는 여전했다. 관람객들은 전망창 뒤에서 안개의 바다 위를 내려다보며 어둠 속에 앉아 있었다. 그러자 조그만 태양이 등 뒤에서 떠올랐다.

"마리너 계곡. '밤의 미궁'의 오늘 모습입니다." 조용한 음악을 배경으로 부드러운 목소리가 들렸다.

얇은 수증기층에 불과한 안개가 떠오르는 태양 아래에서 점차 사라졌다. 그러자 태양계에서 가장 거대한 계곡의 협곡과 절벽이 보였다. 비슷하게 생긴 서아메리카의 그랜드캐니언에 원근감을 부여하는, 멀어질수록 흐려지는 효과가 없었기 때문에 지평선까지 뚜렷하고 선명했다.

단순하면서도 아름다운 붉은색과 황토색, 선홍색이 가득한 풍경은 생명체에게 적대적이라기보다는 완전히 무심했다. 푸른색이나 녹색을 찾아보려는 시도는 아무리 해봐도 헛수고였다.

태양은 빠르게 하늘을 가로질렀고, 그림자는 흐르는 잉크처럼 협곡 바닥을 덮었다. 밤이 왔다. 별들이 잠시 깜빡이다가 다시 새벽빛에 사라졌다.

달라진 건 없었다. 과연 그럴까? 저 멀리 보이는 지평선이 아까처럼 또렷하게 보이지는 않는 것 같은데?

다시 '낮'이 왔다. 그러자 의심의 여지가 없었다. 거친 지형이 부드러워졌다. 멀리 떨어진 절벽과 바위가 전처럼 선명하지 않았다. 화성이 변하고 있었다.

며칠, 몇 주, 몇 달, 몇십 년일까. 세월이 스쳐 지나갔다. 그리고 이제 그 변화는 놀라웠다.

희미한 연분홍빛 하늘은 창백한 푸른빛으로 바뀌었고, 여명과 함께 사라져 버리는 엷은 안개 대신 진짜 구름이 마침내 나타나고 있었다. 그리고 바위밖에 없는 불모지였던 계곡 바닥에 녹색 얼룩이 퍼져나갔다. 아직 나무는 없었지만, 이끼가 앞날을 준비하고 있었다.

갑자기 마술처럼 물웅덩이가 생겨났다. 지금의 화성이라면 즉시 증발해버렸겠지만, 이들 물웅덩이는 조용하고 잔잔했다. 미래의 모습이 펼쳐지면서 물웅덩이는 호수가 됐고, 서로 합쳐져 강이 되었다. 둑을 따라 나무가 나타나기 시작했다. 지구에 익숙한 싱 선장의 눈에는 줄기가 너무 가늘어 보여서 높이가 12미터를 넘는다는 사실이 믿어지지 않았다. 실제로는(실제라고 부를 수 있다면!) 아메리카 삼나무보다 높게 자랄 것이다. 이 정도 낮은 중력에서는 최소한 100미터가 넘을지도 모른다.

이어서 시점이 바뀌었다. 관람객은 새벽의 균열을 통과해서 마리너 계곡을 따라 동쪽으로, 그리고 화성의 저지대인 헬라스 대평원을 향해 남쪽으로 날아갔다. 이제 그곳은 더 이상 육지가 아니었다.

미래에 생길 꿈의 대양을 내려다보고 있자니 기억의 홍수가 싱 선장의 마음속으로 물밀 듯이 밀려들어 와서 잠시 정신을 차릴 수가 없었다. 헬라스 대양은 사라지고 싱 선장은 다시 지구에 있었다. 어린 토비, 그리고 약간 뒤처진 채 조용히 걷는 티그릿과 함께 그는 야자수가 서 있는 아프리카 해변을 걷고 있었다. 오래전에 실제로 일어났던 일일까? 아니면 거짓된 과거일까? 누군가의 기억을 빌린 건 아닐까?

물론 한 치의 의심도 없었지만, 과거사 회상이 너무나도 생생해서 마음속에 잔상이 남아 있었다. 그러나 슬픔은 금세 아련한 만족감으로 바뀌었다. 싱 선장은 조금도 후회하지 않았다. 캐럴과 토비는(두 사람에게 연락하기 딱 좋은 때였다!) 둘 다 자신에게 관심을 가져줄 확장 가족과 행복하게 지내고 있었다. 그렇지만 싱 선장은 미렐과 마틴이 티그릿 같은 비인간 친구를 갖는 즐거움을 경험할 수 없다는 게 안타까웠다. 아직 화성에서는 어떤 종류의 애완동물도 감당하기 어려운 사치였다.

미래로 가는 여행은 우주 공간에서 화성을 한 번 보는 것으로 끝을 맺었다. 몇 세기, 혹은 몇천 년이 지난 걸까? 오랜 겨울을 종결시킨 지름 100킬로미터짜리 궤도 거울이 내려다보내는 태양 빛으로 화성의 양 극지는 이제 드라이아이스로 덮여 있지 않았다. 영상이 사라지고 '2500년 봄'이라는 글자가 나타났다. '과연…. 그래도 그렇게 되면 좋겠군. 나는 결코 보지 못하겠지만.' 싱 선장은 조용히 걸어 나오며 생각했다. 미렐조차도 방금 본 상상의 세계에서 현실로 빠져나오려는 것처럼, 평소와 달리 차분했다.

싱 선장 일행이 에어록을 지나 호텔에서 이곳까지 데려다준 여압 차량으로 걸어갈 때 전시관은 마지막 놀라움을 하나 선사했다. 멀리서 천둥소리가(실제로 그 소리를 들어본 건 싱 선장뿐이겠지만) 들렸다. 그리고 미렐은 머리 위의 스프링클러에서 떨어지는 고운 물방울에 깜짝 놀라 소리를 질렀다.

"화성에 마지막으로 비가 내린 건 30억 년 전이었습니다. 그 비는 이 땅에 아무런 생명도 가져다주지 못했습니다.

다음번에는 다를 겁니다. 안녕히 가세요. 와주셔서 감사합니다."

*

이륙하기 전 마지막 날 밤에 싱 선장은 불현듯 깨어나 어둠 속에 누운 채로 이번 방문에서 가장 중요한 일들을 떠올려 보았다. 몇 시간 전의 감미로운 순간을 포함해 어떤 일은 나중에 재생해 보기 위해 이미 저장해 두었다. 이런 기억들이 앞으로 또 오랜 시간을 견디게 해줄 것이다.

숨 쉬는 소리가 바뀌는 걸 차메인이 느낀 모양이었다. 차메인은 싱 선장을 향해 돌아누우며 팔을 그의 가슴 위에 둘렀다. 처음도 아니었지만, 싱 선장은 이 자세가 고향 행성에서라면 얼마나 불편했을까를 떠올리고 슬쩍 웃었다.

몇 분 동안 아무도 입을 열지 않았다. 얼마 뒤 차메인이 졸음에 겨운 목소리로 말했다. "우리가 전에 읽었던 브래드버리의 소설에서, 지구에서 온 야만인이 아름다운 수정도시를 훈련용 표적으로 썼던 거 기억나?"

"당연하지. 〈달은 지금도 환히 빛나건만〉이었어. 배경이 2001년인 게 눈에 띄었지. 좀 낙관적이었어. 그렇지 않아?" 싱 선장이 물었다.

"음, 적어도 브래드버리는 살아서 사람이 화성에 오는 걸 봤잖아!* 그런데 화성 디즈니랜드에 갔다 온 뒤로 계속 떠오르는 게 있는데, 우리가 지금 똑같이 행동하고 있지 않아?

* 이 소설은 레이 브래드버리가 세상을 떠나기 전에 쓰였다.

167

발견할 걸 파괴하잖아."

"화성 토박이가 그런 얘기를 하리라고는 상상도 못 해봤는데. 그런데 우리는 단순히 파괴하는 게 아니야. 창조를…, 이런!"

"왜 그래?"

"방금 생각났어. 칼리 말이야. 칼리는 단순한 파괴의 여신이 아니야. 과거의 잔해에서 새로운 세상을 창조하기도 한다고."

긴 침묵이 이어졌다.

"그게 바로 환생자들이 하는 얘기잖아. 그 사람들이 여기 포트 로웰에 선교단을 세운 거 알아?"

"흠, 그자들은 해롭지 않은 광신도야. 누구를 귀찮게 하지는 않을 것 같아. 좋은 꿈 꿔. 다음에 화성 디즈니랜드에 갈 때는 마틴도 데리고 가자. 약속해."

25

유로파 정거장

골리앗호가 화성의 데이모스에서 목성의 유로파까지 서둘러 항해하는 동안, 싱 선장과 동료들은 우주 파수대가 계속 쏘아 보내는 변화무쌍한 긴급대처방안을 연구하는 것 빼고는 거의 할 일이 없었다.

데이모스 조선소의 선임기술자인 토린 플레처는 골리앗/아틀라스 결합체가 유로파 궤도의 연료농장에 도착하면 연료를 재보급하는 과정을 감독할 예정이었다. 선내로 퍼 올릴 수만 톤의 수소는 순수한 액체보다 밀도가 더 높은 액체와 고체 혼합물이라 공간을 덜 차지했다. 그런데도 총 부피는 화끈한 파멸로 공기보다 가벼운 운송수단의 짧은 시대에 종지부를 찍었던 불운한 비행선 힌덴부르크호의 두 배 이상이었다. 지구에서는 그랬지만, 화성에서는 지금도 작은 화물용 비행선을 사용했고, 금성에서는 상층 대기 연구에 비행선이 유용하다는 사실이 입증됐다.

플레처는 비행선 광신도로서 싱 선장을 개종시키려고 온갖 노력을 다했다.

"우리가 목성 탐사를 실제로 시작한다고 생각해보세요." 플레처는 말했다. "탐사선을 그냥 떨어뜨리고 마는 게 아니라면 비행선이 실력을 발휘할 때라고요. 물론 대기가 거의 수소니까, 뜨거운 수소를 넣은 비행선이어야겠지요. 문제없어요. 상상해 보세요. 대적점(大赤點)* 주위를 날아다닐 수도 있어요!"

"생각 없네." 싱 선장이 대답했다. "화성의 10배 중력에서라면."

"지구인이라면 누운 채로 견딜 수 있을 거예요. 아니면 물침대 위에서라도 말이죠."

"그런데 왜 그렇게 목성에 관심이 많나? 거긴 고체로 된 표면이 없잖아. 착륙할 데가 없어. 사람이 위험을 감수하지 않아도 로봇으로 하고 싶은 걸 다 할 수 있다고."

"우주 시대 초기에도 그런 논란이 있었잖아요. 그런데 지금 우리가 어디 있는지 보세요. 사람들은 에…, 그게 거기에 있기 때문에 목성에 갈 겁니다. 선장님이 그렇게 목성이 싫다면 토성은 어때요? 중력도 지구와 거의 같고…, 풍경을 생

---

* 목성의 남위 20도 부근에서 붉은색으로 보이는 타원형의 긴 반점

각해보세요! 고위도에서 항해하면 고리를 볼 수 있을 거예요. 언젠가 대단한 관광 명소가 될 겁니다."

"브레인맨에 접속하는 게 더 싸지. '위험하지 않은 온갖 즐거움.'"

싱 선장이 유명한 구호를 인용하자 플레처가 웃었다.

"물론 그 말을 믿으시는 건 아니겠죠."

플레처가 옳았다. 하지만 싱 선장은 굳이 그걸 인정하지 않았다. 위험이라는 요소는 실제와 복제품을 구별해주는 것이었다. 그 복제품이 아무리 완벽할지언정 말이다. 그리고 너무 과하지만 않다면 위험을 감수하려는, 나아가 기꺼이 받아들이려는 의지는 삶에 활력과 보람을 안겨줬다.

유로파로 가는 승객 한 명은 우주항공과 한참 관련이 없어 보이는 기술에 종사하는 사람이었다. 그녀는 심해 잠수함 기술자였다. 태양계 전체에서 유로파는 지구를 제외하고 유일하게 대양이 있는 곳이었고, 그 바다는 우주로부터 그곳을 보호해주는 얼음 껍데기 아래에 봉인돼 있었다. 이웃한 이오의 화산 활동을 유발하는 힘이기도 한 목성의 거대한 조석력 덕분에 생기는 열이 유로파 전역에 걸친 바다를 얼어붙지 않게 해줬다.

액체 상태의 물이 있는 곳에는 생명이 있을 가능성이 있었다. 라니 위제라트네 박사는 직접 또는 로봇 탐사선을 이용해 유로파의 심해를 20년 동안 탐사했다. 비록 아무것도 찾아낸 것은 없지만, 포기하지는 않았다.

"분명히 생명체가 있어요." 위제라트네 박사는 말했다. "내가 바라는 건 그저 지구에서 온 어떤 세균이 우리가 버린 쓰레기에서 기어 나와서 유로파를 점령해버리기 전에 발견하는 거죠."

위제라트네 박사는 태양에서 훨씬 더 멀리 떨어져 있는 곳, 천왕성 훨씬 너머의 광대한 혜성 구름 속에 생명체가 있을 가능성에 대해서도 꽤 낙관적이었다.

"거기엔 물과 탄소, 질소, 다른 화합물이 모두 있지요." 위제라트네 박사는 즐겨 말하곤 했다. "행성보다 수백만 배나 많아요. 그리고 분명 방사능도 있을 테고요. 그건 열과 빠른 변이속도를 뜻하죠. 혜성 깊숙한 곳은 생명이 발생하기에 이상적인 조건일지도 몰라요."

위제라트네 박사가 칼리까지 가지 않고 유로파에서 내리는 건 유감이었다. 그녀가 영국왕립학회 회원인 콜린 드레이커 경과 나눈, 부드러우면서 격렬한 논쟁은 다른 승객들을 아주 즐겁게 해줬다. 이 유명한 소행성 지질학자는 귀환 명령을 일축해 버릴 수 있을 정도로 이름 있는 인물이라 골리앗호에 원래 타고 있던 과학자 중 유일하게 아직도 남아 있었다.

"난 그 어떤 누구보다도 소행성에 대해 더 많이 알고 있네." 콜린 경은 반박하기 어려울 정도로 분명하게 말했다. "그리고 칼리는 역사상 가장 중요한 소행성이지. 내 손으로 연구해보고 싶어. 나 자신에게는 백 번째 생일 선물로. 그리고 물론 과학을 위하여."

위제라트네 박사가 제기한 혜성의 생명체에 관해서는 확고부동했다.

"말도 안 되는 소리! 호일*과 위크레마싱**이 한 세기도 전에 이야기했지만, 아무도 진지하게 생각하지 않았네."

"그러면 이제 그럴 때죠. 그리고 일부긴 해도 소행성은 죽은 혜성이에요. 한 번이라도 화석을 찾아보신 적이 있나요? 그럴 가치가 있을 텐데요."

"위제라트네 박사, 솔직히 말해서 내 시간을 더 잘 쓰는 방법에는 여러 가지가 있다네."

"선생님 같은 지질학자들은 모두 화석처럼 느껴질 때가 있다니까요! 수많은 지질학자들이 불쌍한 베게너의 대륙이동설을 비웃었던 거 기억하세요? 그리고 베게너가 죽고 나서 부담이 없어지니까 그 사람을 지질학자의 수호성인으로 만들었었죠?"

유로파까지 가는 내내 이런 식이었다.

＊

목성의 갈릴레이 위성 네 개 중 가장 작은 유로파는 충분히 가까이서 보기만 한다면 지구로 착각할 만한 유일한 세상

---

* 영국의 천문학자 프레드 호일. 정상우주론의 창시자로 유명하며 〈10월 1일은 너무 늦다〉와 같은 SF도 썼다.
** 찬드라 위크레마싱. 스리랑카 출생의 영국 천문학자로, 프레드 호일과 함께 지구 생명체의 우주기원설을 주장했다.

이었다. 아래쪽에 펼쳐진 끝없는 빙원을 바라보고 있으니 정말로 고향 행성의 궤도를 돌고 있다는 상상을 어렵지 않게할 수 있었다.

싱 선장이 목성 쪽으로 눈을 돌리자 그 환상은 금세 사라졌다. 3일 반을 주기로 모양이 변하는 거대한 행성은 하늘을지배하고 있었다. 얇은 초승달 모양으로 줄어들었을 때조차도 마찬가지였다. 그때는 거대하게 빛나는 원호가 지구에서보는 달 지름의 20배인 크고 검은 원반을 품고 있는 것처럼보였다. 원반은 별빛을 가리다가 이윽고 멀리서 빛나는 태양까지 가려 버렸다. 목성의 밤 부분도 완전히 어둡지는 않았다. 지구에 있는 대륙보다 큰 폭풍이 핵전쟁을 펼치듯 여기저기서 번쩍거렸는데, 사실 위력도 핵폭탄과 맞먹는 수준이었다. 극지는 대개 오로라 빛의 고리가 덮고 있었고, 아직 미탐사 지역이며 어쩌면 영원히 그렇게 남아 있을 심연에서는 형광빛 분출물이 뿜어져 나왔다.

목성이 거의 찼을 때는 더 인상적이었다. 적도와 평행하게 끊임없이 움직이는 구름 띠의 얽히고설킨 고리와 소용돌이의 다채롭고 화려한 색상을 볼 수 있었다. 그 띠를 따라서 창백한 색깔의 타원형 섬 같은 것들이 지름 1천 킬로미터의 아메바처럼 움직였다. 어떨 때는 그게 분명한 목적을 갖고 구름을 헤쳐 나가는 것처럼 보여서 거대한 생물이라고 해도 믿을 만했다. 이 가설을 바탕으로 멋진 우주 대작 SF가 여러 편 나왔다.

그러나 주인공은 대적점이었다. 수 세기에 걸쳐 줄어들거나 늘어났고, 때로는 완전히 사라지기까지 했지만, 지금은 1665년 카시니가 발견한 이래 그 어느 때보다 두드러졌다. 대적점이 10시간에 한 바퀴라는 현기증이 날 만한 속도로 목성 표면을 훑고 지나가면 마치 핏발 선 거대한 눈이 심술궂게 우주를 바라보는 것 같았다.

다른 어떤 행성 기지 요원보다 유로파에서 일하는 사람들의 체류 기간이 짧고 정신 붕괴 비율이 높은 것도 당연했다. 목성이 절대 보이지 않는 유로파 뒷면의 중심으로 장비를 옮기자 상황은 좀 나아졌다. 그래도 이곳에서조차 "영원히 깜빡이지 않는 키클롭스의 눈이 3천 킬로미터 두께의 단단한 암석을 뚫고서 쳐다보고 있다"고 믿는 환자가 나왔다고 심리학자들은 보고했다.

어쩌면 사람들이 유로파의 보물을 훔치고 있으므로 감시하는 것일지도 몰랐다. 유로파는 토성 궤도 안쪽에서 물, 즉 수소를 얻을 수 있는 유일한 원천이었다. 명왕성 바깥의 혜성 구름에는 훨씬 더 많았지만, 채굴하기에는 아직 경제적이지 못했다. 앞으로는 어떻게 될지 모르겠지만, 그동안에는 태양계의 상업용 추진제는 거의 유로파가 공급하게 될 것이다.

게다가 유로파의 수소가 지구 산보다 질이 좋았다. 오랜 세월 동안 목성 주위에서 방사선을 맞아왔기 때문에 더 무거운 동위원소인 중수소의 비율이 훨씬 더 높았다. 조금만 농축하면 핵융합 추진기를 구동하는 데 필요한 최적의 혼합물을 얻을 수 있었다. 가끔이지만 자연이 인간을 도울 때도 있긴 했다.

*

이미 칼리가 오기 전의 삶을 기억하기는 어렵게 돼 버렸다. 위기의 순간은 아직 몇 달 뒤였지만, 거의 모든 생각과 행동이 그 일에 집중되었다. 싱 선장은 가끔 얄궂은 운명이라고 생각하곤 했다. '내가 이 일을 맡은 건 정식 선장으로 은퇴하기 전에 편한 자리를 원했기 때문이 아니었던가!'

한때 정규 우주선의 일상이었던 '자기성찰을 위한 시간'이 지금은 부선장이 부르는 것처럼 '계획된 위기'로 바뀌었기 때문에 싱 선장은 좀처럼 여유를 갖지 못했다. 그래도 아틀라스를 운용하는 일이 복잡하다는 점을 고려하면 모든 일은 적절히 매끄럽게 흘러왔다. 길게 중단된 적도 없었고, 계획은 한때 불가능해 보였던 일정에서 불과 이틀 뒤처져 있을 뿐이었다.

이제 아틀라스와 한몸이 된 골리앗호는 대기 궤도에 자리를 잡자마자 절대온도 13도의 수소-중수소 슬러시 20만 톤을 연료탱크에 채워 넣는 긴 과정을 본격적으로 시작했다. 유로파의 전기분해 설비는 그만한 양을 일주일 안에 생산할 수 있었다. 하지만 궤도로 끌어올리는 건 다른 문제였다. 불운하게도 급유기 두 대가 수리 중이었는데, 현지에서는 수리할 수 없어서 데이모스로 견인해 갔다.

그리하여, 아무리 매끄럽게 진행된다고 해도 커다란 연료탱크를 채우는 데는 거의 한 달이 걸릴 예정이었다. 그동안 칼리는 1억 킬로미터나 더 가까이 지구에 다가올 것이다.

제 5 부

26

추진 장치

이제는 골리앗호의 원래 모습을 거의 찾아볼 수 없었다. 한쪽 면 전체는 연료탱크와 아틀라스의 추진 모듈, 그리고 길이가 거의 200미터인 촘촘한 배관으로 뒤덮였다. 남은 부분 역시 대부분 골리앗호의 탱크 설비에 덮여 있었다. '경치를 즐기기는 어렵겠군.' 싱 선장은 생각했다. '빈 통을 좀 떼어버리기 전에는 말이야. 아니면 덤으로 붙은 질량을 짊어지고 가속을 더 많이 할 수 있을까. 아무리 엔진 성능이 좋아졌다지만.'

인류의 미래가 이런 볼품없는 장치에 달려 있다고는 도무지 믿기 어려웠다. 이건 단 한 가지 목적을 갖고 만든 장치였다. 강력한 추진 장치를 가능한 한 빨리 칼리에 착륙시키는 것. 골리앗호는 그저 배달 트럭일 뿐이었다. 항성 간 우주

트럭. 아틀라스야말로 가장 중요한 화물이었고, 제시간에 좋은 상태로 목적지에 도착해야 했다.

이 목적을 달성하려면 아주 많은 것을 포기해야 했다. 가능한 한 예정보다 늦지 않게 칼리에 도착하는 게 굉장히 중요했지만, 속도라는 건 하중을 희생해야 얻을 수 있었다. 만약 골리앗호가 칼리에 닿는 데 수소를 너무 많이 써버린다면, 소행성의 위험한 궤도를 바꿔 놓는 데 사용할 양이 충분히 남지 않을지도 몰랐다. 그러면 모든 노력이 헛수고로 돌아가는 것이다.

추진제를 쓰지 않고 임무에 걸리는 시간을 줄이기 위해 최초의 우주선이 태양계 바깥을 탐사하는 데 썼던 '중력 추진'에 착안했다. 골리앗호는 목성에 뛰어들었다가 스쳐 지나가면서 그 거대한 행성의 운동량을 빼앗아 올 수도 있었다. 하지만 그에 따르는 위험 때문에 어쩔 수 없이 포기했다. 목성 주위에는 쓰레기가 너무 많았다. 목성의 빈약한 고리는 대기권의 경계까지 뻗어 있었고, 아무리 작은 조각이라고 해도 가볍게 만든 수소탱크에 구멍을 낼 수 있었다. 목성의 미소(微小) 위성 하나 때문에 임무를 망친다면 참으로 어처구니없는 일이 될 것이다.

행성 표면에서 이륙하는 것과 달리 궤도 변환은 전혀 볼만한 게 없었다. 당연히 아무 소리도 나지 않았고, 에너지를 많이 사용해도 멋진 광경을 만들어 내지는 못했다. 플라스마를 분사해 추진하는 골리앗호는 지나치게 뜨거워서 사람의 눈에 보이는 미약한 방사선을 내보내지 못했다. 골리앗호가 별빛을 배경으로 남기는 흔적은 원적외선 영역에 있었다. 유로파의 위성기지에서 바라보는 사람에게 골리앗호가 움직이기 시작하는 유일한 징후는 아무리 조심스러운 기술자라고 해도 대형 구조물을 짓고 난 뒤에는 남기게 마련인 온갖 잔해들, 예를 들어 방열판의 파편, 포장재, 끈과 테이프 조각 같은 것들의 구름이었다. 그렇게 숭고한 여정치고 그다지 웅장한 출발은 아니었다. 하지만 골리앗호와 아틀라스는 인류의 희망과 두려움을 안은 채 길을 떠났다.

다음 날 골리앗호는 지구 중력의 10분의 1로 가속하며 두 번째로 큰 위성, 운석에 난타당해 울퉁불퉁한 칼리스토를 지나쳤다. 하지만 가장 바깥쪽에서 서로 쌍을 이루는 두 작은 위성인 파시파에와 시노페의 매우 변덕스러운 궤도를 지나 목성 영역을 확실히 벗어나기까지는 거의 일주일이 걸렸다. 그때쯤에는 속도가 너무 빨라서 태양조차도 다시 골리앗호를 끌어당길 수 없었다. 만약 그 속도를 제어할 수 없다면 골리앗호는 태양계를 완전히 떠나 별을 향해 끝없는 여행을 하게 될 것이다.

하지만 어떤 우주선 선장도 이보다 평안한 항해를 바랄 수는 없었을 것이다. 골리앗호와 아틀라스는 예정보다 12초 앞서서 칼리와 랑데부했다.

"저는 수십 개나 되는 소행성에 가본 적이 있습니다." 태양 쪽으로 5억 킬로미터 떨어진 곳에 있는 보이지 않는 청중을 향해 콜린 드레이커 경이 말했다. "하지만 지금까지도 보는 것만으로 크기를 판단할 방법은 없습니다. 저는 칼리의 크기를 정확히 알고 있지만, 팔만 뻗어도 손으로 쥘 수 있다는 생각에 쉽게 속아 넘어갑니다.

문제는 크기에 대한 감각이 전혀 없다는 겁니다. 우리 눈에는 어떤 실마리도 보이지 않습니다. 보시다시피 칼리는 우리 눈에 보이는 한계까지 온통 얕은 충돌구로 덮여 있습니다. 왼쪽 가운데 있는 큰 건 실제 지름이 약 50미터입니다. 하지만 주변에 있는 작은 것과 완전히 똑같아 보이지요. 보이는 것 중 가장 작은 충돌구는 지름이 몇 센티미터입니다.

확대 좀 해주겠나, 다윗? 고맙네. 자, 좀 더 가까워졌군요. 하지만 화면에서는 실질적인 차이가 안 보입니다. 우리가 지금 보고 있는 작은 크레이터도 더 큰 형제들과 완전히 똑같아 보입니다. 거기서 멈추게, 다윗. 우리가 확대경으로 본다고 해도 영상은 똑같을 겁니다. 얕은 충돌구는 가능한 모든 크기가 다 있기 때문이지요. 먼지 조각으로 생긴 충돌구도 있습니다.

이제 칼리 전체가 보이도록 돌리게, 고맙네. 여러분은 사실상, 적어도 인간의 눈으로 보기에는 색깔이 전혀 없다는 걸 알 수 있을 겁니다. 대부분은 검은색이지요. 숯덩어리가 아닐까 추측하셨다면, 크게 틀린 게 아닙니다. 바깥층은 90퍼센트가 탄소입니다.

그렇지만 안쪽은 다릅니다. 철, 니켈, 규산염, 그리고 물이나 메탄, 산소산화물 같은 다양한 얼음이 있습니다. 여기에는 아주 복잡한 역사가 있는 게 분명합니다. 사실 저는 성분이 서로 다른 두 천체가 얌전하게 충돌해서 붙어 버린 결과라고 거의 확신하고 있습니다.

제가 이야기하고 있는 동안 다른 충돌구가 시야에 들어온 걸 알아차리셨는지 모르겠군요. 칼리의 하루는 꽤 짧습니다. 3시간 25분이지요. 그리고 칼리가 자전한다는 사실은 우리 일을 훨씬 더 까다롭게 만들고 있습니다.

다른 쪽을 볼 수 있을까, 다윗? 좌표 K5를 가운데 놓아 주게. 그래 좋아.

풍경이라고 부를 수 있을지는 모르겠지만, 아무튼 변화에 주목해 보시지요. 저 홈은 다른 충돌 때문에 생긴 게 분명합니다. 꽤 난폭한 충돌이었던 것 같습니다. 아주 오래전 칼리는 태양계에서 혼잡한 지역에 있었을 겁니다. 오른쪽 위의 계곡을 보세요. 우리는 저걸 그랜드캐니언이라고 이름 붙였습니다. 깊이가 10미터는 족히 됩니다. 하지만 실제 크기를 모른다면 여러분은 지금 콜로라도에 있다고도 어렵지 않게 상상할 수 있습니다.

자, 이곳은 여기저기 상처가 있는 작은 세계입니다. 아령

혹은 땅콩처럼 생겼고, 질량은 20억 톤이지요. 그리고 불행하게도 궤도를 역행하고 있습니다. 그러니까 다른 행성과 반대로 돈다는 뜻입니다. 그게 그렇게 이상한 건 아닙니다. 핼리 혜성도 똑같지요. 하지만 핼리 혜성과 다른 점은 이 녀석이 지구와 정면으로 충돌한다는 것입니다. 물론 최악의 경우에 말이지만요. 그래서 우리는 칼리의 궤도를 바꿔야 합니다. 그렇지 않으면 우리 문명뿐 아니라 우리 자신마저도 지구에서 사라질 수 있습니다.

아틀라스 추진기는 이제 골리앗호에서 떨어져나왔습니다. 카메라를 아틀라스로 돌려주게, 다윗. 우리는 지금 칼리에 그걸 설치하는 정교한 작업을 하고 있습니다. 다행히 이 소행성의 중력은 지구의 1만 분의 1 정도로 아주 약해서, 칼리에서 아틀라스는 무게가 몇 톤밖에 나가지 않습니다. 그렇다고 쉽게 생각하면 안 됩니다. 아틀라스는 아직 질량과 운동량을 고스란히 지니고 있습니다. 따라서 아주, 아주 천천히 그리고 조심스럽게 움직여야 합니다. 믿기지 않을는지 모르지만, 작업에 필요한 주요 장비는 칼리에 고정해 놓은 구식 윈치와 도르래입니다.

몇 시간 뒤면 아틀라스가 추진을 시작할 준비를 할 겁니다. 물론 칼리에 미치는 효과는 지구 중력에 비해 극히 미미해서 측정하기도 어렵습니다. 어떤 기자분은 코끼리를 미는 생쥐 같다고 이야기했다지요. 충분히 옳은 표현입니다. 하지만 아틀라스는 며칠이고 칼리를 밀 수 있습니다. 그리고 이

곳 목성 근처에서 칼리가 지구를 수천 킬로미터 차이로 비켜나가도록 만들기 위해 우리가 밀어야 할 거리는 고작 몇 센티미터뿐입니다.

비켜나가는 거리가 고작 100킬로미터라고 해도, 그건 1광년이나 마찬가지입니다."

27

마지막 리허설

'대머리 시크교도라니! 과거 인도의 털북숭이 조상이라면 그런 배교자에 어떻게 대응했을까? 게다가 내가 머리털을 영구히 제거했다는 걸 알게 된다면⋯. 음, 살아서 탈출이라도 하면 운이 좋은 거겠지.'

싱 선장이 꼭 맞는 모자를 머리 위에 얹은 뒤 끈을 조절하고 눈가리개가 빛을 전부 차단했는지 확인할 때면 어김없이 이런 생각이 떠올랐다. 그러고 나서 완전한 어둠과 침묵 속에서 앉은 채로 자동으로 과정이 진행되기를 기다렸다.

먼저 아주 희미한 소리가 들렸다. 매우 낮은 음역이라 진동을 각각 구별해 들을 수도 있었다. 그 소리는 계속해서 크기를 유지하면서 한 옥타브씩 높아지다가 마침내 가청 영역 밖으로 사라졌다. 굳이 확인해 본 적은 없지만, 싱 선장은 그

경계를 넘어서면 현재 뇌로 직접 흘러들어오는 주파수에 귀가 반응할 수 없다고 확신했다.

침묵이 돌아왔다. 싱 선장은 그보다 훨씬 더 복잡한 시야 조정 절차가 시작되기를 기다렸다.

우선 순수한 색깔이 나타났다. 싱 선장은 아무런 형태가 없는 구체의 한가운데 떠 있는 듯한 느낌이 들었다. 구체의 안쪽은 짙은 빨간색이었다. 패턴이나 구조의 흔적은 전혀 없었고, 괜히 찾으려고 해봤자 눈만 아플 것이다. 아니, 그건 틀린 말이다. 눈은 아직 회로에 포함되지 않은 상태였으니까.

빨강, 주황, 노랑, 초록. 친숙한 무지갯빛이었지만, 날카로울 정도로 선명했다. 아직은 어떤 화상도 보이지 않았다. 완전한 색채의 장막뿐이었다.

마침내 영상이 나타나기 시작했다. 먼저 열린 격자무늬가 나타나더니 시야를 빠르게 채웠다. 그물 무늬는 점점 세밀해지더니 마침내 구분이 안 될 정도로 작아졌다. 뒤를 이어 여러 가지 기하학적 도형이 연속으로 나와서 회전하고, 확대되고, 줄어들고, 서로 융합했다. 싱 선장은 시간 감각을 완전히 잃었지만, 이런 조정 프로그램은 1분 이내로 끝났다. 소리 없는 '화이트 아웃'이 남극의 눈보라처럼 싱 선장을 삼켜버리자 탐색 과정이 끝났다는 것을 알 수 있었다. 그리고 브레인맨의 관찰 시스템은 싱 선장의 신경 회로가 출력을 받아들이기에 적합해졌다는 사실을 확인했다.

아주 드문 경우지만 '오류 메시지'가 의식 속에 떠오르는 경우가 있었다. 그러면 처음부터 다시 반복해야만 했다. 그러면 보통 문제는 해결됐다. 그렇지 않으면 다시 시도하지 않는 편이 나았다. 한번은 싱 선장이 어떤 기술을 급히 익혀야 할 필요가 있었을 때 전자 장벽을 수동으로 우회한 적이 있었다. 그 결과 얻은 건 말로 형용하기 어려운 악몽 같은 영상이었다. 안구에 압력을 가하면 생기는 '포스핀* 이미지' 같았지만, 그보다 훨씬 더 번쩍거렸다. 강제로 접속을 종료했지만 이미 쪼개지는 듯한 두통을 느꼈다. 브레인맨의 기능 장애로 인한 돌이킬 수 없는 '좀비화'는 초창기만큼 흔하지는 않았지만, 여전히 일어나는 일이었다.

이번에는 오류 메시지나 다른 경고 신호가 없었다. 회로는 완전했다. 싱 선장은 수신할 준비가 돼 있었다.

마음속 구석진 곳에서는 골리앗호에 타고 있는 게 현실임을 알고 있었지만, 칼리 옆에 떠 있는 우주선을 내려다보면서도 전혀 얼토당토않게 느끼지는 않았다. 아직 골리앗호에 붙어 있는 것을 '알고' 있음에도, 아틀라스가 이미 칼리에 설치된 모습 역시 나름대로 논리적이라는(꿈 같은 이상한 논리지만) 느낌이 들었다.

시뮬레이션은 세부적인 부분까지 완벽해서 싱 선장은 우주 썰매의 분사 가스가 영겁의 세월에 걸쳐 쌓인 먼지를 날려 버리며 드러낸 바위까지 볼 수 있었다. 아주 현실적이었다.

---

* 눈을 감고 안구에 압력을 가하면 빛이 보이는 현상

하지만 아틀라스와 연료탱크의 이런 모습은 아직 미래에 속해 있었다. 바라건대, 며칠 뒤의 모습이기를. 다윗의 도움을 받아 위치 선정과 추진기 고정에 관한 공학적인 문제는 해결한 상태였다. 그리고 이론을 실행으로 바꾸는 데 어떤 문제가 있을 것 같지는 않았다.

"실행 준비됐습니다." 다윗이 말했다. "어떤 시점을 원하십니까?"

"황도 북극에서. 거리는 10AU* 궤도를 전부 보여줘."

"전부 말입니까? 시야에는 천체가 54,372개 있습니다."

다윗이 목록을 확인하느라 걸린 시간은 간신히 알아챌 수 있는 수준이었다.

"미안. 내가 말한 건 주요 행성만이야. 칼리에서 1천 킬로미터 안쪽에 있는 천체. 아니, 정정하지. 100킬로미터."

칼리와 아틀라스가 사라졌다. 싱 선장은 태양계를 위에서 내려다보고 있었다. 토성, 목성, 화성, 지구, 금성, 수성 궤도가 가늘고 빛나는 선으로 보였다. 행성의 위치는 작지만 알아보기 쉬운 아이콘으로 나타났다. 고리가 있는 토성, 띠가 있는 목성, 극점에 조그만 모자를 쓰고 있는 화성, 큰 바다가 있는 지구, 특색 없는 하얀 초승달 모양의 금성, 얇은 원반 모양의 수성.

---

* Astronomical Unit, 천문단위. 지구 중심에서 태양까지의 거리로 1AU는 1억 4,960만 킬로미터에 해당한다.

그리고 칼리는 해골이었다. 이건 다윗의 생각이었고, 누구도 이의를 제기하지 않았다. 아마도 백과사전의 표제어를 검색하다가 힌두교에 나오는 파괴의 여신이 그 불길한 목걸이를 걸고 있는 신상을 본 모양이었다.

"칼리-지구 축을 중심으로. 확대. 확인!"

이제 싱 선장의 의식은 운명을 좌우할 원뿔 모양의 구역으로 가득 찼다. 지구와 칼리의 현재 위치를 잇는 파멸의 타원이었다.

"시간 압축비는?"

"10의 5제곱입니다."

이 비율에서는 1초가 하루였다. 칼리는 몇 달이 아니라 몇 분 내로 도달할 것이다.

"실행."

행성이 움직이기 시작했다. 수성은 가장 안쪽에 있는 궤도를 따라 속도를 냈고, 육중한 토성도 바깥쪽 궤도를 따라 달팽이처럼 꾸물꾸물 움직였다.

칼리는 오로지 중력에 의해 태양을 향해 떨어지기 시작했다. 그러나 싱 선장의 의식 한구석에서는 계속해서 숫자가 깜빡였다. 숫자가 변하는 게 너무 빨라서 흐릿했다. 갑자기 숫자는 0이 됐고, 동시에 다윗이 말했다. "점화!"

'이상하기도 하지.' 싱 선장은 잠시 생각에 잠겼다. 왜 어떤 단어는 고유의 배경을 잃어버린 지 한참이 지나서도 계속 쓰이는 걸까. '점화'는 적어도 한 세기 전인 화학 로켓의 시대로 거슬러 올라가는 단어였다. 아틀라스나 다른 심우주 항해선의 연료는 탈 수가 없었다. 그건 순수한 수소였다. 산소가 조금 섞여 있다고 해도 저온에서나 생기는 연소 현상이 일어나기에는 너무 뜨거웠다. 물 분자는 전부 원자 단위로 쪼개져 버릴 것이다.

더 많은 천체가 나타났다. 어떤 것은 일정했고, 어떤 것은 아주 천천히 움직였다. 이 가상 세계에서 가장 두드러지게 나타난 건 아틀라스가 만들어 낸 가속도였다. 칼리 정도의 질량에 비하면 미소 중력 수준이어도 바로 여기에 생사를 가르는 변화가 생겼다. 간신히 측정할 만한 수준이었지만, 소행성의 속도와 위치가 변하고 있었다.

날짜가 깜빡이며 계속 바뀌었다. 수치는 꾸준히 증가했다. 수성은 태양 주위를 반 정도 돌았지만, 칼리는 아직 원래 궤도에서 이탈했다는 징후를 보여주지 않았다. 점점 커지는 변화량만이 고대부터 유지해 온 행로를 천천히 흔들어 놓고 있다는 사실을 증명했다.

"5배 확대." 칼리가 화성을 지나자 싱 선장이 명령했다. 영상이 커지자 바깥쪽 행성은 사라졌다. 하지만 아틀라스가 끊임없이 추진을 계속한 효과는 아직 눈에 띄지 않았다.

"전소."(이 역시 초기 우주 시대의 유물인 단어였다!) 갑자기 다윗이 말했다. 추진력과 가속도를 기록하는 수치가 순간 0으로 떨어졌다. 칼리는 또다시 중력의 영향만 받으면서 태양 주위를 돌았다.

"10배 확대. 시간 압축은 1천으로 줄여."

이제 지구와 달, 그리고 칼리만이 싱 선장의 의식을 점유했다. 이 정도 축척에서는 소행성이 움직이며 그리는 선은 타원이 아니라 거의 곧은 직선으로 보였다. 그리고 그 직선은 지구를 가리키고 있지 않았다.

싱 선장은 그 모습을 보고도 안심하지 않았다. 아직 칼리는 달을 지나가야 했고, 달은 오랜 동료를 배신하는 비열한 친구처럼 잔인하게 마지막으로 칼리의 궤도를 비틀어버릴 것이다.

이제 만남의 마지막 단계에서 매 초는 현실의 3분을 나타냈다. 칼리는 달의 중력장에 의해 눈에 띌 정도로 휘고 있었다. 지구 쪽으로. 그러나 '몇 주 전'에 끝났음에도, 아틀라스가 쏟은 노력의 효과 역시 분명했다. 시뮬레이션은 두 가지 궤도를 나타냈다. 원래 궤도와 인간이 개입해서 바꿔 놓은 궤도를.

"10배 확대. 시간 압축 100."

이제 1초는 거의 2분에 가까웠고, 지구는 싱 선장의 의식을 가득 채웠다. 하지만 조그만 해골 아이콘은 크기가 그대로였다. 칼리가 너무 작아서 이 정도 축척에서는 원반으로 보이지 않았다.

가상의 지구는 믿을 수 없을 정도로 진짜 같았고, 애가 탈 정도로 아름다웠다. 몇 메가바이트로 만든 가상 구조물이라는 사실을 믿기 어려웠다. 비록 다윗의 메모리 속이지만, 저 아래에는 빛나는 백색의 남극, 호주 대륙, 뉴질랜드 군도, 중국의 해안이 있었다. 그러나 압도적으로 풍광을 지배하는 건 짙

푸른 태평양이었다. 20세대 전만 해도 태평양은 지금 우주의 심연만큼이나 인류에게 크나큰 도전의 대상이었다.

"10배 확대. 칼리를 계속 쫓아가."

구부러진 푸른 수평선은 대기권에 묻혀 뿌옇게 보였고, 어디서부터인지도 모르게 시커먼 어둠 속으로 녹아 들어갔다. 칼리는 여전히 그곳을 향해 떨어지고 있었다. 지구의 중력에 끌려 아래로…. 마치 지구가 자살하려는 것 같았다.

"1분 뒤 최대 근접."

싱 선장은 아직 시야 한쪽 구석에서 깜빡이는 숫자에 주의를 집중했다. 수치가 전하는 소식은 극적인 느낌은 덜 해도 시뮬레이션 영상보다 더 정확했다. 가장 중요한 수치, 지구 표면에서 칼리까지의 거리는 아직 감소 중이었다.

그러나 감소하는 정도 자체도 감소 중이었다. 칼리가 지구 쪽으로 매 킬로미터를 답파하는 데 점점 더 시간이 오래 걸렸다.

그러더니 수치가 안정됐다.

523…, 523…, 522…, 522…, 522…, 523…, 523…, 524…, 524…, 525….

싱 선장은 비로소 호흡이라는 사치를 누릴 수 있었다. 칼리는 지구에 가장 가까이 다가왔다가 다시 멀어져가고 있었다.

아틀라스는 해낼 수 있다. 이제 남은 건 현실을 가상 세계와 똑같이 만드는 일뿐이었다.

28

생일 잔치

"제 백 번째 생일을 화성 궤도 밖에서 맞을 줄은 생각도 못
했습니다." 콜린 경이 말했다. "사실 제가 태어났을 때 남자
는 기껏해야 열에 하나 정도만 이 나이까지 살 수 있었지요.
여자는 다섯에 하나였고요. 제게는 아직도 불공평해 보입니
다만." (여성 승무원 네 명이 내는 장난스러운 야유 소리, 남성들
의 신음소리, 선내 의사인 엘리자베스 워든 박사가 "자연은 뭐가 최
선인지 알고 있지."라며 뻐기는 소리가 이어졌다.)

"하지만 전 지금 적당한 건강을 유지하며 이곳에 와 있습
니다. 여러분 모두의 호의에 감사하고 싶습니다. 그리고 특
히 소니에게. 우리가 방금 마신 훌륭한 포도주, 샤또… 뭐였
더라, 하여튼 2005년산에 대해!"

"1905년산입니다, 교수님. 2005년이 아니고요. 그리고 제

196

가 아니라 식당 프로그램에 감사하셔야죠."

"그게 거기 있다는 걸 아는 사람이 자네뿐이잖나. 자네가 어떤 버튼을 눌러야 할지 잊어버리면 우리는 굶어 죽을걸."

✳

100세가 된 지질학자가 장비를 적절히 갖추고 있을 것 같지는 않았다. 그래서 싱 선장과 플레처는 에어록 밖으로 동행해 나가기 전에 콜린 경의 우주복을 거듭 점검했다. 골리앗호 바로 근처에서 움직이는 일은 밧줄로 만들어 놓은 안전망 덕분에 많이 단순해졌다. 칼리의 무른 지각에 박힌 막대가 안전망을 지지하고 있었다. 그러고 보면 우주선은 거미줄 한가운데에 있는 거미처럼 보였다.

세 사람은 조심스럽게 손으로 밧줄을 잡아가며 나중에 아틀라스와 연결하기 위해 놓아둔 둥근 추진제 탱크 때문에 조그맣게 보이는 우주 썰매로 이동했다.

"웬 미친놈들이 소행성에 정유공장을 세워놓은 것 같군." 플레처의 인간-로봇 합작 일꾼들이 놀라울 정도로 짧은 시간 동안 이룬 결과를 처음 본 콜린 경이 말했다.

한때 데이모스에서 일했던 플레처는 칼리처럼 중력이 그보다 더 약한 곳에서도 우주 썰매를 정말 잘 다루는 유일한 인물이었다.

"조심해야 해요." 플레처는 조종간을 잡으려는 사람들에게 경고했다. "신경통 걸린 달팽이라도 여기선 탈출속도에

도달할 수 있거든요. 우리는 알파 센타우리로 날아가는 여러 분을 끌어오느라 시간과 반작용 질량을 잃고 싶지는 않아요."

플레처는 간신히 느낄 수 있을 정도로 살짝 가스를 내뿜어서 썰매를 띄워 올린 뒤 느긋하게 운행하기 시작했다. 그동안 콜린 경은 맨눈으로 보지 못했던 지역을 열광적으로 조사했다. 지금까지는 다른 승무원이 가져오는 표본에 만족해야만 했다. 이동 카메라를 이용한 원격 조사도 매우 소중했지만, 숙련된 솜씨로 망치를 내리치며 하는 실지 조사를 대신할 수는 없었다. 콜린 경은 골리앗호에서 몇 미터 이상 떨어질 수 없다고 투덜거렸는데, 그건 싱 선장이 가장 저명한 승객과 함께 위험을 무릅쓰고 싶지 않았고 선외에서 교수를 돌봐줄 인원을 빼낼 수도 없었기 때문이다. (누가 보살펴 달라고 했나?) 그러나 백 번째 생일은 결국 그런 반대 논리를 제압했다. 이 과학자는 마치 처음으로 휴일 나들이에 나선 어린아이 같았다.

이 작은 세계에서 걸을 수 있다고 가정한다면, 썰매는 편안히 걷는 속도로 칼리의 표면을 미끄러져 나아갔다. 콜린 경은 가끔 혼잣말로 중얼거리면서 고대의 레이더처럼 지평선에서 지평선까지(때로는 50미터 거리를 전부) 샅샅이 탐색했다. 일행은 5분도 지나지 않아 정반대 지점에 도착했다. 골리앗호와 아틀라스가 칼리에 가려 보이지 않자 콜린 경이 물었다. "여기서 멈출 수 있을까? 내리고 싶은데."

"물론입니다. 하지만 잡아당겨야 할지도 모르니까 줄은 묶어 두겠습니다." 플레처가 대답했다.

콜린 경은 못마땅한 듯 콧방귀를 뀌었지만, 굴욕을 감수했다. 그리고 이제 움직이지 않는 썰매에서 빠져나와 자유낙하 상태에 몸을 맡겼다.

이렇게 중력이 아주 작은 세계에서는 떨어지고 있다고 말하기 어려웠다. 움직임은 간신히 눈에 보일락말락 한 수준이었고, 칼리에서는 1미터 높이에서 떨어지는 데 거의 2분이 걸렸다.

콜린 경은 여러 소행성에 발을 디뎌 본 경험이 있었다. 가끔 세레스처럼 큰 소행성 위에 섰을 때는 약하다고는 해도 중력이 잡아당기고 있다는 느낌을 쉽게 받았다. 하지만 여기서는 상당한 상상력이 필요했다. 조금만 움직여도 칼리의 손아귀에서 빠져나가는 수가 있었다.

그래도 콜린 경은 마침내 역사를 통틀어 가장 유명한, 아니 악명 높은 소행성 위에 확실히 발을 딛고 섰다. 과학적으로 알고 있는 것과는 별개로, 이 작고 울퉁불퉁한 우주의 파편이 핵에 광분했던 시대에 비축한 핵탄두를 모두 합한 것보다 인류에게 훨씬 커다란 위협이 된다는 사실을 받아들이기 어려웠다.

칼리의 빠른 자전 때문에 밤이 되고 있었다. 눈에 적응하자 별이 주위에 나타났다. 고향 행성에 매우 가까워서 먼 우주는 지구에서 관측할 때와 다를 바 없이 똑같은 모습이었다. 그러나 하늘 낮은 곳에 익숙지 않은 놀라운 천체가 있었다.

밝고 노란 별이었는데, 크기가 없는 광점에 불과한 다른 별과 달랐다.

"봐." 콜린 경이 말했다. "저기 지구에서는, 아니 화성에서도 절대 못 볼 게 있네."

"뭐가요?" 플레처가 물었다. "그냥 토성이잖아요."

"그렇지. 그런데 잘 보게. 아주 잘."

"아, 고리가 보이는군요!"

"꼭 그렇다고는 할 수 없어. 그냥 그렇게 생각하는 것뿐이지. 고리는 시각의 한계에 걸쳐 있거든. 하지만 자네 눈은 뭔가 특이한 것을 봤고, 자네는 그게 뭔지 알고 있지. 그러면 자네의 기억이 세부 내용을 채워주는 거라네. 이제 왜 토성이 갈릴레오를 골치 아프게 만들었는지 알겠지. 그 조악한 망원경으로 보니까 뭔가 이상한 게 보인 거야. 하지만 누가 고리를 상상이라도 했겠나? 그러다가 지구 쪽으로 일직선이 되면서 사라져버렸잖아. 그러니까 갈릴레오는 헛것을 봤다고 생각했지. 끝내 자기가 본 게 뭔지 몰랐어."

잠시 셋은 침묵 속에서 칼리의 짧은 밤이 지나감에 따라 떠오르는 토성을 응시하며 눈이란 게 얼마나 믿을 수 있는 것인지 생각에 잠겼다.

"다시 타시죠, 교수님. 아직 갈 길이 멉니다. 아직 반 바퀴밖에 안 돌았거든요." 플레처가 조용히 말했다.

이후 5분 동안 남은 절반을 거의 답파했다. 그러자 작지만 눈부신 태양이 떠올랐다. 썰매가 작은 언덕을 오르고 있을 때 콜린 경은 문득 거의 믿을 수 없는 현상을 발견했다. 불과 몇십 미터 떨어진(이제 거리 측정에 점점 익숙해지고 있었다) 곳에 온통 시커먼 풍경을 배경으로 밝은 빛깔의 얼룩이 있었다.

"잠깐!" 콜린 경이 외쳤다. "저게 뭐지?"

두 동료는 콜린 경이 가리키는 방향을 보더니 다시 시선을 돌렸다.

"아무것도 안 보입니다만." 싱 선장이 말했다.

"아마 토성의 잔상일 겁니다. 아직 눈이 햇빛에 적응하지 않았나 보죠." 플레처도 덧붙였다.

"눈이 멀었나? 보라고!"

"원하시는 대로 해드려야겠네요." 플레처가 싱 선장에게 말했다. "난폭해지실 수도 있으니까요. 그러면 큰일이잖아요. 그렇죠?"

콜린 경이 아연한 기분으로 침묵을 지키는 동안 플레처는 힘들이지 않고 능숙하게 썰매를 돌렸다. 얼마 뒤, 콜린 경의 놀라움은 순전한 회의감으로 바뀌었다. '내가 미쳐가고 있어.' 콜린 경은 생각했다.

칼리의 맨땅 위로 솟은 얇은 줄기 위에 커다란 황금빛 꽃이 있었다.

짧은 순간 콜린 경은 말도 안 되는 논리를 따라갔다. (1) 꿈을 꾸고 있다. (2) 위제라트네 박사에게 뭐라고 사과하지? (3) 외계생명체처럼 보이지는 않는데. (4) 생물학에 대해 좀 더 알았더라면. (5) 여기에 인식표를 다는 사람은 기분이 얼마나 좋을까….

"…이 친구들! 날 속였군! 위제라트네 박사의 생각이었나?"

"물론이죠." 싱 선장이 웃었다. "하지만 아시다시피 생일 축하 카드에는 우리 모두 이름을 썼답니다. 그리고 소니에게 감사하시면 됩니다. 종이하고 플라스틱 조각을 찾아서 이렇게 아름다운 걸 만들었거든요."

놀라운 발견을 하고 골리앗호에 돌아와 보니 사람들은 아직도 웃어대고 있었다. 싱 선장이 지적했듯이, 세계 일주를 마치고 살아 돌아온 마젤란의 부하들보다 훨씬 더 기분이 좋아 보였다. 이 짧은 여행 덕분에 긴장을 풀고 무거운 책임을 잠시 한구석으로 놓아둘 수 있었다.

괜찮은 일이었다. 그건 칼리에서 긴장을 풀 수 있는 마지막 기회였다.

29

우주 경찰국

우주 경찰국의 국장은 인간이 만든 세계와 도시를 대부분 본 적이 있었고, 이제 더는 놀랄 만한 게 없다고 생각하고 있었다. 그런데 지금, 제네바 본부의 우아한 집무실에서 못 믿겠다는 표정으로 감찰관을 바라보고 있었다.

"확실한가?" 국장이 물었다.

"전부 확인했습니다. 물론 저희도 의심했습니다. 저 종교에서 배교(背教)는 아주, 아주 드문 일이라서 말입니다. 이게 무슨 속임수인지 궁금했습니다. 하지만 두뇌 심층 조사로 확인했습니다."

"두뇌 심층 조사를 속일 방법은 없나? 우리 상대는 전문가야."

"저희 전문가보다는 못합니다. 그리고 데이모스에서 추가 조사를 한 결과 확실히 결론을 내렸습니다. 우리는 누가 한 일인지 알고 있고, 그자는 당연히 밀착 감시를 받고 있습니다."

"그 사람들이 경고를 언제 받을 수 있지?"

감찰관은 시계를 흘깃 봤다. 그 시계는 세 군데 세상의 스무 가지 시간대를 보여줬다.

"이미 받았을 겁니다. 그런데 태양 반대쪽에 있어서 1시간 동안은 그쪽에서 확인을 할 수 없습니다. 너무 늦었을지도 모르겠습니다. 모든 게 예정대로라면 40분 전에 점화했을 겁니다. 이제는 할 수 있는 게 없습니다. 기다리는 일뿐입니다."

"도무지 믿을 수가 없군. 신이시여, 맙소사. 왜 그런 짓을 하는 거지?"

"바로 그겁니다. 신 때문이죠."

30

사보타주

T-30분에 골리앗호는 칼리에서 떨어져 나와 아틀라스의 분사 범위 밖에 자리 잡았다. 시스템 점검은 모두 만족스러웠다. 이제는 소행성이 자전해 추진기가 첫 번째 분사를 개시할 알맞은 위치에 오기를 기다리는 일만 남았다.

싱 선장과 진이 빠진 승무원들은 웅장한 광경을 기대하지는 않았다. 아틀라스 추진기의 플라스마 분사는 너무 뜨거워서 눈에 보일 만한 빛을 발하지 않았다. 점화는 시작됐으며, 이제 칼리가 인간의 통제 밖에 있는 불가항력의 거인이 아니라는 점을 알려주는 건 원격으로 측정한 수치뿐이었다.

'이 젊은이들 중에서 카운트다운이라는 발상을 거의 두 세기 전 독일 영화감독이 당시에는 순전한 공상일 뿐이었던 우주 영화*를 만들다가 최초로 떠올렸다는 사실을 아는 사람이 몇 명이나 될까?' 콜린 경은 생각했다. 이제 현실이 영화를 따라 했고, 누군가가 혹은 기계가 수를 거꾸로 세지 않고 시작하는 우주 임무는 상상하기 어려워졌다.

가속도계 화면에 떠올라 있던 일련의 0자에 변화가 생기자 짧은 환호에 이어 부드러운 박수 소리가 뒤따랐다. 지휘실의 분위기는 의기양양하다기보다는 안도하는 쪽이었다. 칼리가 움직이고는 있지만, 예민한 기구로만 극히 미세한 속도 변화를 감지할 수 있었다. 아틀라스 추진기는 며칠 혹은 몇 주 동안이라도 승리가 확실해질 때까지 작동해야 했다. 칼리가 자전하기 때문에 아틀라스가 정확한 정렬 상태를 유지하는 시간에만, 즉 자전 시간의 약 10퍼센트 동안만 추진할 수 있었다. 고정된 엔진으로 회전하는 차량을 조종하는 건 결코 만만한 일이 아니었다.

100만 분의 1, 100만 분의 2 중력으로 천천히, 거대한 질량의 소행성이 응답하기 시작했다. 그게 가능하다고 치고, 칼리 위에 서 있어도 전혀 변화를 감지하지 못하겠지만, 발밑에서 살짝 진동을 느끼거나 먼지구름이 우주로 떨어져 나가는 것을 알아챌 수는 있었다. 칼리는 방금 간신히 목욕을 마친 개처럼 몸을 떨고 있었다.

* 프리츠 랑 감독의 1929년 작 〈달의 여인〉. 로켓 발사 장면에서 카운트다운을 처음 보여준 영화다.

그때 믿을 수 없는 일이 벌어졌다. 수치가 다시 0으로 떨어졌다. 얼마 뒤, 경보 세 개가 동시에 울렸다.

다들 그 소리를 무시했다. 아무것도 할 수 있는 게 없었다. 모두의 눈이 칼리에, 그리고 아틀라스 추진기에 못 박혔다.

거대한 추진제 탱크가 꽃망울처럼 부풀어 올라 터지면서 지구를 구했을지도 모를 수천 톤의 반작용 질량을 쏟아냈다. 몇 줄기 증기가 소행성의 표면을 떠다니며 미미한 대기가 되어 충돌구투성이 표면을 가렸다.

그리고 칼리는 냉혹하게 가던 길을 이어갔다.

31

시나리오

우선 간단히 생각하면, 동역학의 기초 문제였다. 칼리의 질량은 1퍼센트 오차 이내로 알 수 있었고, 지구와 충돌할 때의 속도는 소수점 12자리까지 예측 가능했다. 어떤 학생이라도 $\frac{1}{2} \cdot m \cdot v^2$을 계산해서 칼리가 몇 메가톤의 폭탄인지 변환할 수 있었다.

그리고, 그 결과는 2조 톤이라는 상상도 하기 어려운 수치였다. 히로시마를 파괴한 원자폭탄의 10억 배라고 표현해도 무의미하기는 마찬가지였다. 그리고 이 수식에는 중요한 미지수가 하나 있었는데, 바로 충돌 위치였다. 칼리가 가까이 접근할수록 오차는 작아졌다. 그러나 충돌 며칠 전까지도 정확한 지점을 오차 1천 킬로미터 이내로 확정할 수는 없었다. 사실 안 하느니만 못한 추정이었다.

어쨌든 지구 표면의 4분의 3은 물이었기 때문에 충돌 지점은 바다가 될 가능성이 컸다. 가장 낙관적인 시나리오는 태평양 한가운데에 충돌한다고 가정하는 것이었다. 높이가 몇 킬로미터에 달하는 파도가 지도에서 쓸어가기 전에 작은 섬들을 비울 시간은 있을 것이다.

칼리가 육지에 충돌한다면 당연히 반경 수백 킬로미터 안에 있는 누구에게도 희망은 없었다. 그 사람들은 순식간에 증발할 것이다. 그리고 몇 분 뒤면 대륙 전역에 걸쳐 모든 건물이 충격파를 맞아 쓰러질 것이다. 지하 방공호도 붕괴할 공산이 컸다. 몇몇 운 좋은 생존자는 흙을 파내고 빠져나오겠지만 말이다.

그런데 그게 운이 좋은 걸까? 대중매체에서는 이미 여러 차례에 걸쳐 20세기 작가들이 열핵병기 전쟁에 대해 제기한 의문을 다시 던진 바 있었다. "살아남은 자가 죽은 자를 부러워할 것인가?"

이번이 그런 경우로 판명 날지도 몰랐다. 먼지가 몇 달, 혹은 몇 년 동안 하늘을 가려서 어두워진다면 충돌의 사후 효과는 즉각적인 결과보다 훨씬 더 나쁠 수 있었다. 식물과 아직 남아 있을지도 모르는 야생동물은 대부분 햇빛 부족과 화염이 대기권 낮은 곳의 산소와 질소 수 메가톤을 융합시켜 만든 질산 비를 견디지 못할 것이다.

아무리 고도의 기술을 활용한다고 해도 지구는 수십 년 동안 근본적으로 거주 불가능한 곳이 될 것이다. 그리고 누가 황폐해진 행성에서 살려 하겠는가? 유일하게 안전한 곳은 우주였다.

그러나 일부를 제외한 모두에게 그 길은 닫혀 있었다. 인류의 극히 일부만을 달에 데려가기에도 우주선은 충분하지 않았다. 그리고 우주선이 있다고 해도 거의 의미가 없었다. 달 거주지는 수십만 명 이상을 수용하기 어려웠다.

지금까지 지구에서 살았던 2조5천억 명 대부분에게 그래왔듯이, 지구는 요람이자 무덤이 될 것이다.

제 6 부

32

다윗의 지혜

싱 선장은 태양계의 어느 곳보다 오랫동안 집으로 삼아왔던, 넓고 시설이 잘 갖춰진 방 안에 홀로 앉아 있었다. 아직도 멍한 상태였다. 하지만 우주 경찰국의 경고는 늦긴 했어도 선내의 사기를 올리는 데 일조를 했다. 많이는 아니었지만, 조금이라도 도움은 됐다.

적어도 그들의 탓은 아니었다. 임무는 완수했다. 그리고 몇몇 광신도가 지구를 파괴하려고 한다는 것을 그 누가 상상할 수 있었을까?

이전에는 생각조차 할 수 없었던 일을 대비해야 하는 상황이 되고 나니 이제는 그렇게 놀랍지도 않았다. 인류의 역사에 걸쳐 거의 10년마다, 자칭 선택받았다는 예언자가 나타나 세상은 어떤 정해진 날에 종말을 맞이한다고 예언하곤 했다.

놀라운 건, 그리고 인간이라는 종족의 지성에 대해 좌절하게 만드는 건, 이들이 더는 필요 없어진 재산을 모두 처분하고 특정 장소에서 하늘로 불려 올라가기를 기다리는 지지자들을 보통 수천 명씩은 모은다는 사실이었다.

'천년왕국 신봉자' 중 많은 수가 사기꾼이었지만, 대부분은 자신의 예언을 진심으로 믿었다. 그리고 만약 이들에게 힘이 있었고 신이 협조하지 않는 상황이었다면, 예언을 스스로 실현하려 했을 수도 있지 않을까?

자, '환생자들'에게는 뛰어난 기술적 자원이라는 힘이 있었다. 필요한 것이라고는 폭발물 몇 킬로그램, 적당히 괜찮은 소프트웨어, 그리고 데이모스에 있는 공범자가 전부였다. 한 명뿐이라고 해도 충분했다.

싱 선장은 그 밀고자가 너무 늦은 뒤에야 나선 건 정말 유감이라고 생각했다. 아마 의도적으로 양다리를 걸치려 했을 것이다. "나는 내 양심을 지켰다. 하지만 내 종교를 배신하지는 않았다."

이제 와서 그게 무슨 상관인가! 싱 선장은 쓸데없는 미련에서 마음을 돌렸다. 과거를 바꿀 수는 없다. 그리고 이제 우주와 화평을 맺어야 했다.

싱 선장은 고향 행성을 구하기 위한 전투에서 패배했다. 자기 자신은 전혀 위험하지 않다는 사실 때문에 아무래도 기분이 더 좋지 않았다. 골리앗호는 전혀 위험하지 않았고, 달과 화성에서 동요하고 있는 인류의 생존자들과 합류하기에 충분한 추진제가 있었다.

싱 선장의 마음은 화성에 있었다. 그러나 승무원 일부는 사랑하는 사람이 달에 살았다. 투표에 부쳐야 했다.

우주선이 받은 지시에 이런 상황은 전혀 포함돼 있지 않았다.

✳

"난 아직도 이해가 안 돼." 수석기술자 모건이 말했다. "출항 전 점검에서 왜 폭발물을 찾지 못했지?"

"숨기기 쉬웠으니까요. 그리고 그런 게 있으리라고 누가 생각을 했겠어요." 조수가 말했다. "제가 놀란 건 화성에 환생자들 광신도가 있다는 거예요."

"도대체 왜 그런 거지? 아무리 크리슬람교에 미친 사람이라고 해도 지구를 파괴하고 싶어 하다니 믿을 수가 없어."

"그 사람들하고는 논리로 따질 수가 없어요. 전제를 받아들인다면, 신 그러니까 알라가 우리를 시험하고 있는 거니까 우리가 간섭해서는 안 돼요. 만약 칼리가 비켜 지나간다면 좋고, 아니라면 뭐 신의 더 큰 계획의 일부라는 거죠. 어쩌면 우리가 지구를 너무 망쳐 놓아서 다시 시작할 때일지도 모르고요. 치올콥스키*가 옛날에 했던 말대로요. '지구는 인류의 요

---

* 콘스탄틴 치올콥스키(1857-1935). 폴란드계 러시아 로켓 과학자이자 인류의 우주 비행 연구 선구자이다. 우주 엘리베이터 개념을 처음 생각해낸 사람이기도 하다. 달 뒷면에 그의 이름을 딴 크레이터가 있다.

람이다. 그러나 요람에서 영원히 살 수는 없다.' 칼리는 우리가 이제 지구를 떠날 때라는 것을 알려주는 부드러운 힌트일지도 몰라요."

"힌트치고는 대단하구먼!"

선장이 팔을 들어 좌중을 조용히 만들었다.

"이제 남은 문제는 이겁니다. 달이냐, 화성이냐? 양쪽 다 우리를 필요로 합니다. 저는 여러분에게 영향력을 행사하고 싶지는 않군요."(그건 그렇지 않았다. 선장이 어디로 가고 싶은지는 누구나 알았다.) "그래서 우선 여러분의 의견을 듣고 싶습니다."

첫 번째 투표는 화성에 아홉 표, 달에 아홉 표, 하나는 기권이었다. 선장은 투표에 참여하지 않았다.

기권은 사무장 소니 길버트였다. 그는 골리앗호에 너무 오래 살아서 다른 곳이라고는 알지 못했다. 양쪽 진영이 기권표를 끌어들이려 하고 있을 때 다윗이 말했다.

"다른 방법이 있습니다."

"무슨 소리지?" 싱 선장이 다소 퉁명스럽게 물었다.

"명백하지 않습니까. 아틀라스는 파괴됐지만, 우리에게는 아직 지구를 구할 기회가 있습니다. 골리앗호를 추진기로 이용한다면 말입니다. 제 계산에 따르면 우리는 아직 칼리를 비켜나가게 하는 데 충분한 추진제를 갖고 있습니다. 우리 자체 연료탱크가 있고, 착륙했던 곳에도 추진제가 남아 있습니다. 하지만 즉시 시작해야 합니다. 오래 기다릴수록 성공 가능성은 작아집니다. 현재 95퍼센트입니다."

모두 '왜 그 생각을 못 했지?'라고 자문하며 지휘실에는 아연한 침묵이 흘렀다. 답은 곧바로 나왔다.

주위의 인간들이 모두 충격에 빠져 있는 동안 다윗은 머리를 (적절하지 않은 관용구 같지만) 차갑게 유지했다. 인간은 아니지만, 법적 인격으로 사는 데는 그에 따르는 장점이 있었다. 다윗은 사랑을 알 수 없었지만, 두려움 또한 알지 못했다. 언제까지나 논리적으로 생각할 것이다. 운명의 끝에 이를 때까지도.

33

구조

"우리는 운이 좋네요." 플레처가 보고했다.

"그래야만 하지. 계속해."

"폭발의 목적은 핵융합로 추진기를 수리 불가능하게 망가뜨리는 것이었는데, 실제로 그렇게 됐습니다. 데이모스에서라면 고칠 수 있겠지만, 여기서는 안 됩니다. 그리고 충격 때문에 첫 번째와 두 번째 탱크가 부서졌고, 우리는 추진제 3만 톤을 잃었습니다. 하지만 파이프라인의 차단 밸브가 제 역할을 해서 나머지 수소는 온전합니다."

싱 선장은 오랜만에 감히 희망이라는 감정을 품었다. 하지만 여전히 해결해야 할 문제와 해야 할 일이 산더미같이 많았다. 골리앗호가 칼리에 붙도록 움직여야 했고, 소행성에 추진력을 전달할 수 있도록 그 주위에 구조물을 설치해야 했다.

플레처는 이미 아틀라스의 잔해 중에서 쓸 만한 부재를 찾아서 이 일을 할 수 있도록 건설 로봇을 프로그래밍해 놓았다.

"제가 해본 일 중에서 가장 미친 짓이에요." 플레처가 말했다. "케네디 우주센터의 노인네들이 우주선을 거꾸로 고정하고 있는 받침대를 봤다면 무슨 생각을 했을지 궁금하다니까요."

"골리앗호는 위아래를 어떻게 구별하지?" 콜린 경의 다소 불친절한 응수였다. "난 한 번도 어디가 어디인지 맞힌 적이 없네. 20세기 로켓이라면 보기만 해도 가는 건지 오는 건지 알 수 있었는데, 지금은 그렇지가 않아."

우주비행사가 아닌 사람에게는 결과물이 이상하게 보였겠지만, 플레처는 당연히 자신이 해놓은 일을 자랑스러워했다. 칼리처럼 중력이 약한 곳에서도 '간신히' 해낼 수 있는 일이었다. 1만 톤짜리 추진제 탱크가 이곳에서는 1톤도 나가지 않으며, 어처구니없이 작은 도르래 하나로 들어서 (천천히!) 옮길 수 있다는 건 사실이었다. 그러나 그런 커다란 질량이 움직이기 시작하면 전혀 다른 환경에서 진화한 근육과 본능을 지닌 생물에게는 치명적일 수 있었다. 느릿느릿 떠다닌다고 해도 멈추는 게 사실상 불가능하며, 제때 피하지 못한 사람을 팬케이크로 만들어 버릴 수 있다는 사실은 믿기 어려웠다.

기술과 행운의 조화 덕분에 큰 사고는 없었다. 모든 움직임은 예상치 못한 일을 피하고자 가상현실 시뮬레이션으로 주의 깊게 연습했다. 마침내 플레처가 공언했다. "이제 준비

됐습니다."

두 번째 카운트다운이 이뤄지는 동안 골리앗호의 승무원들은 자연스럽게 데자뷔를 느꼈다. 그리고 이번에는 위험할 수 있다는 걸 알았다. 만약 뭔가 잘못된다면 사고로부터 안전한 거리에 있을 수 없었다. 아마 느끼지도 못하는 사이에 일어나겠지만, 모두 그 사고의 일부가 될 것이다.

골리앗호에 정말로 생기가 돌기 시작한 뒤로 몇 주가 흘렀다. 승무원들은 최대 출력 중인 플라스마 추진 특유의 진동을 느꼈다. 미약하고 거리감이 좀 있었지만, 무시하고 지낼 수는 없었다. 일정 간격으로 골리앗호의 고유진동수와 같아져서 우주선 전체가 잠시 부르르 떨릴 때는 특히나 더 그랬다.

추진력이 최대 안전치까지 증가하면서 가속도계의 수치도 0부터 천천히 올라가 100만 분의 1까지 올라갔다. 10억 톤짜리 칼리가 서서히 방향을 바꾸고 있었다. 속도는 매일 거의 초속 1미터씩 변할 것이고, 칼리는 원래 행로에서 40킬로미터를 비켜나갈 것이다. 우주 규모의 속도와 거리라고 치면 사소했지만, 저 먼 행성 지구에 사는 수많은 사람의 삶과 죽음에 차이를 만들기에는 충분했다.

불행히도 4시간도 안 되는 칼리의 짧은 하루 중 고작 30분 동안만 추진력을 가할 수 있었다. 더 길면, 소행성의 회전 때문에 기껏 쌓은 성과를 상쇄해 버렸다. 사람을 미치게 하는 제약 조건이었지만, 별다른 도리가 없었다.

싱 선장은 첫 번째 추진 시간이 끝나기를 기다렸다가, 온 세상이 기다리고 있는 소식을 보냈다.

"골리앗호에서 보고. 궤도 교란을 성공적으로 시작했다. 모든 시스템 정상 작동 중. 좋은 밤 되시길."

그리고 싱 선장은 우주선을 다윗에게 맡기고 아틀라스를 잃은 뒤 처음으로 편안하게 잠자리에 들었다. 얼마 되지 않아 칼리의 하루가 다시 시작되고 골리앗호의 추진이 계획한 대로 정확히 작동하고 있는 꿈을 꾸었다.

싱 선장은 잠에서 깨어나 그게 꿈이 아니었다는 사실을 확인하고 다시 곧바로 잠들었다.

34

플랜 B

아직도 '에어포스원'이라고 부르는 유서 깊은 비행기는 회의 탁자 주위에 앉아 있는 사람들 대부분보다 나이가 많았지만, 정성스럽게 보살핀 덕분에 여전히 완벽하게 작동했다. 하지만 좀처럼 쓸 일은 없었다. 그리고 이처럼 세계 의회 의원 모두가 동시에 탑승한 건 역사상 처음이었다. 지구의 두뇌 역할을 하는 기술 관료들은 보통 원격 회의로 업무를 봤다. 그러나 이건 평범한 일이 아니었고, 누구도 이렇게 막대한 책임을 마주해 본 적이 없었다.

"여러분 모두 저희 기술 요원의 보고서 요약본을 갖고 계실 겁니다." 에너지부 장관이 말했다. "설계도면을 찾는 건 쉽지 않았습니다. 대부분 의도적으로 없애 버렸기 때문이지요. 하지만 일반적인 원리는 잘 알려져 있습니다. 그리고 한 번도 들어본 적은 없는 곳이지만, 런던의 제국전쟁박물관에 20메가톤짜리 완전한 모형이 있었습니다. 물론 신관은 제거한 상태로요. 파괴력을 높이는 데는 문제가 없습니다. 원료만 제때 생산할 수 있다면 말이지요. 원자재는 어떻죠?"

"삼중수소는 간단합니다. 하지만 플루토늄과 무기 등급의 우라늄235는 채광에 핵폭탄 사용을 중단한 뒤로 필요로 하는 사람이 없었습니다."

"묻어버린 폐기물이나 원자로에서 파내는 건 어떤가요?"

"조사해 보긴 했지만, 뒤죽박죽이라 골라내는 게 굉장히 어렵습니다."

"그래도 할 수는 있다는 거지요?"

"제시간에 할 수 있을지는 전혀 모르겠습니다. 최선은 다 하겠습니다."

"음, 그 정도로 충분하다고 가정해야겠군요. 그러면 운송이 남습니다. 운송은요?"

"꽤 간단합니다. 가장 작은 화물선으로도 할 수 있을 겁니다. 물론, 자동입니다. 가미카제를 실행했던 제 조상들이라면 다른 방법에 끌렸을지는 모르겠지만 말입니다."

"그러면 결정할 문제는 사실 하나뿐이군요. 시도할 가치가 있는가? 아니면, 사태를 더 악화시킬 것인가? 만약 1천 메가톤 이내로 칼리를 폭파한다면 두 조각으로 분리할 수 있습니다. 타이밍만 정확하면 자전 때문에 둘이 갈라져서 둘 다 지구를 비켜나갈 겁니다. 하나는 충돌할 수도 있지만, 그것만으로도 수백만의 생명을 구하게 됩니다.

한편으로는, 칼리가 계속해서 지금과 같은 궤도를 움직이는 수많은 조각으로 남을지도 모릅니다. 상당수는 대기권에서 타버리겠지만, 마찬가지로 상당한 수는 남아 있겠지요. 어느 편이 좋을까요? 큰 재앙 하나가 한 곳에 떨어지느냐, 아니면 작은 재앙 수백 개인가? 조각은 반구 전체에 걸쳐서 떨어지겠지요. 어느 쪽 반구일지는 몰라도….”

세계 의회 의원 여덟 명은 지구의 운명을 놓고 조용히 생각에 잠겨 있었다. 그러다 한 명이 물었다. “결정을 내리기까지 시간이 얼마나 있습니까?”

“골리앗호가 칼리를 비켜나가게 할 수 있을지 50일 내로 알 수 있습니다. 하지만 그때까지 수수방관하고 있을 수는 없습니다. 만약 ‘구조 작전’이 실패한다면 남는 시간이 없어서 아무것도 할 수가 없습니다. 가능한 한 빨리 미사일을 발사할 것을 제안합니다. 불필요하다고 판단하면 언제든 중단할 수 있으니까요. 투표에 부칠까요?”

천천히, 하나를 제외한 모든 손이 올라왔다.

“법무부? 의견이 있습니까?”

“몇 가지 확실하게 하고 싶은 게 있습니다. 우선, 세계적인 국민투표를 해야 합니다. 인간 권리 수정안에 대해서입니다. 다행히 시간은 많습니다.

두 번째 요점은 인류 대부분의 생존에 비교하면 중요하지 않아 보일지도 모릅니다. 하지만 우리가 칼리를 폭파한다면 골리앗호가 제시간에 충분히 멀리 떨어질 수 있습니까?"

"물론입니다. 여러 차례 경고할 테니까요. 물론 완벽한 안전은 보장할 수 없습니다. 100만 킬로미터를 떨어져 있다고 해도 불운하게 파편에 맞을 수도 있으니까요. 하지만 우주선이 미사일이 날아온 방향으로 이동한다면 위험성은 무시할 만한 정도입니다. 파편은 모두 반대로 움직일 겁니다."

"그 정도면 안심이 되는군요. 동의합니다. 전 아직 이 계획이 모두 불필요해지기를 바랍니다만, 지구를 구하는 일에 보험을 들어놓지 않는다면 우리는 직무를 게을리한 게 되겠지요."

35

구조 작전

인간은 끊임없는 위기 상태를 오래 견딜 수 없다. 고향 행성은 빠르게 정상 비슷한 무엇으로 돌아갔다. 대중매체에서 재빨리 이름 붙인 '구조 작전'이 실패할 수 있다고는 아무도 (감히) 의심하지 않았다.

장기 계획은 모두 보류 상태에 놓였고, 대부분의 공공 사업과 개인 사업이 하루하루를 바탕으로 이뤄지는 건 사실이었다. 하지만 파멸이 닥쳐온다는 느낌은 줄어들었고, 결국 내일이 있을 것으로 보이자 자살률도 보통 수준 아래로 떨어졌다.

골리앗호의 일상은 안정을 찾았다. 칼리가 한 바퀴 회전할 때마다 최대 출력으로 30분 동안 추진했고, 매번 소행성을 원래 궤도에서 조금씩 떨어뜨려 놓았다. 지구에서는 그때마다 결과를 모든 신문과 방송으로 알렸다. 기존의 날씨 지도는 아직 충돌 예정인 칼리의 현재 궤도와 희망 사항, 즉 지구를 완전히 빗나가는 궤도를 보여주는 그림에 이어 두 번째로 밀려났다.

온 세계가 안도할 수 있는 날짜는 오래전에 공지가 돼 있었다. 그리고 그 날짜가 다가오면서 정상적인 업무는 모두 멈췄다. 칼리가 대기권 바깥쪽을 스쳐 지나가면서 장대한 불꽃놀이를 보여주는 데 그칠 것이라는, 모두가 갈망하는 소식을 우주 파수대가 전해줄 때까지는 필수적인 서비스만 유지됐다.

추수감사절 축하연은 자발적이었고 세계적이었다. 어떻게든 참여하지 않은 사람은 한 명도 없었을 것이다. 당연히 골리앗호에도 축하 메시지가 쏟아졌다.

그저 대기를 스치고 지나가는 것만으로는 충분히 만족스럽지 않았다. 골리앗호는 적어도 1천 킬로미터 정도로 비켜지나갈 때까지 칼리를 계속 밀어붙일 예정이었다.

그래야만 승리가 확실해지는 것이다.

36

이상 현상

칼리가 화성 궤도 안쪽에서 여전히 속도를 높여가며 태양을 향해 달려가고 있을 때 다윗이 첫 번째 이상 현상을 보고했다. 그 현상은 골리앗호가 다시 추진을 시작하기 불과 몇 분 전인, 휴지기에 일어났다.

"당직사관에게 보고합니다." 다윗이 말했다. "약한 가속을 감지했습니다. 지구 중력의 천만 분의 1.2입니다."

"그건 불가능해!"

"현재 1.5입니다." 다윗은 동요하지 않고 말했다. "변동하고 있습니다. 1로 내려갔습니다. 지금 멈췄습니다. 선장님께 알려야 할 것 같습니다."

"확실해? 기록을 보여줘."

"여기 있습니다."

날카롭게 정점까지 올라갔다가 다시 0으로 떨어지는 들쭉날쭉한 선이 주 모니터에 나타났다. 골리앗호가 아닌 어떤 것이 작지만 느낄 수 있을 정도의 힘으로 칼리를 밀고 있었다. 충격은 10초가 좀 넘게 이어졌다.

"정확한 위치를 알 수 있나?" 지휘실에서 연락했을 때 싱 선장의 첫 번째 질문이었다.

"예, 벡터로 판단하건대, 칼리 반대편입니다. 좌표 L4입니다."

"일어나세요, 콜린 경. 한번 가봐야겠습니다. 운석 충돌이 분명…."

"10초 동안 지속하는 운석 충돌이라고?"

"음, 통신 내용을 전부 들으셨습니까?"

"들었네. 대부분은."

"어떻게 생각하시죠?"

"분명히 환생자들이 착륙했을 테지. 그리고 우리의 훌륭한 작업을 다시 되돌려버리려는 걸 거야. 그런데 그 녀석들 추진기는 조정을 많이 해야겠는걸. 저 만곡부로 보건대 말이지."

"대단하군요. 그런데 그 사람들이 온 거라면 우리가 봤을 겁니다. 에어록에서 만나죠."

콜린 경의 생일 이후로 우주선에서 멀리 떨어지는 경우는 거의 없었다. 모든 활동은 반경 몇백 미터 안에서 집중적으로 이뤄졌다. 싱 선장, 콜린 경, 플레처가 썰매로 밤 쪽을 향해 돌아가고 있을 때 콜린 경이 말했다. "대충 알 것 같네.

229

마음이 산만하지만 않았다면 진작 알 수 있었을 텐데…. 오, 이런! 저거 보이나?"

하늘에 시선이 닿자 싱 선장은 수십 년 전 지구를 떠난 뒤로 한 번도 보지 못한, 그리고 어떤 환경에서도 칼리에는 있을 수 없는 것을 봤다. 믿을 수 없지만, 그건 분명히 무지개였다.

플레처는 그 불가능한 하늘을 보느라 썰매에 대한 통제력을 거의 잃을 뻔했다. 썰매를 세우자 무지개는 천천히 땅으로 내려앉기 시작했다.

무지개는 빠르게 희미해지고 있었다. 눈송이가 떨어지듯이 썰매가 칼리에 닿았을 때는 완전히 사라진 상태였다.

모두가 경외감에 말문이 막혀 있을 때 콜린 경이 먼저 침묵을 깼다.

"'하느님이 가라사대 내가 내 무지개를 구름 속에 두었나니 이것이 나의 세상과의 언약의 증거니라…. 다시는 물이 모든 혈기 있는 자를 멸하는 홍수가 되지 아니할지라.'* 이런 걸 다 기억하고 있다니 신기하군. 어렸을 이후로 구약성경을 들여다본 적도 없는데 말이야. 그저 우리에게 좋은 소식이기를 바라네. 노아에게 그랬던 것처럼."

"그런데 어떻게 저게 생길 수 있죠? 여기서?"

"천천히 몰게, 플레처. 내가 보여주지. 칼리가 깨어나고 있어."

* 〈창세기〉 9장 13절, 15절

37

스트롬볼리

물리학자나 천문학자와 달리 지질학자는 좀처럼 유명해지지 않는다. 적어도 직접으로는 말이다. 콜린 드레이커 경은 한 번도 유명인이 되고자 했던 적이 없었다. 하지만 그건 골리앗호에 승선한 누구도 피할 수 없는 운명이었다.

콜린 경은 불평하지 않았다. 일거양득을 보는 기분이었다. 아무도 말도 안 되는 요구나 받아들이고 싶지 않은 일로 콜린 경을 들볶을 수 없었다. 하지만 콜린 경은 내행성 시스템 네트워크를 이용해 정기적으로 해설을 제공하는 일은 즐겼다('칼리의 콜린'은 이제 보편적인 별명이 됐다). 이번에는 보고할 만한 진짜 소식이 있었다.

"이제 칼리는 금속, 바위, 얼음으로 이뤄진 비활성 덩어리가 아닙니다. 오랜 잠에서 깨어나고 있습니다.

소행성은 대부분 죽은 상태입니다. 완전히 비활동적인 천체지요. 하지만 어떤 건 과거 혜성의 잔해이고, 태양에 접근하면 자신의 과거를 떠올립니다.

여기 현존하는 혜성 중 가장 유명한 핼리 혜성이 있습니다. 이 영상은 핼리 혜성이 명왕성 궤도 바깥에서, 태양으로부터 가장 멀리 떨어져 있었던 2100년에 만들어졌습니다. 보시다시피 칼리와 아주 비슷합니다. 아무렇게나 생긴 바윗덩어리일 뿐이지요.

다들 아시다시피, 우리는 76년에 걸쳐 태양 주위를 도는 동안 핼리 혜성이 겪은 변화를 모두 관찰했습니다. 이건 화성 궤도를 지날 때입니다. 차이가 보이시죠. 이제 오랜 겨울을 지나 따뜻해지고 있습니다! 얼음, 그러니까 물과 이산화탄소, 탄화수소 혼합물이 기화하기 시작해 단단한 표면을 깨고 나온 겁니다. 고래처럼 증기를 뿜어대기 시작하고 있습니다.

이제 사방에 구름을 만들었습니다. 카메라가 멀어지고 있군요. 꼬리가 생기면서 태양풍을 맞는 풍향계처럼 태양 반대쪽을 가리키는 모습을 보시죠.

여러분 중 몇몇은 2061년에 핼리 혜성이 얼마나 웅장했었는지 기억하실 겁니다. 하지만 이런 식으로 증발해온 세월이 엄청납니다. 핼리 혜성이 젊었을 때는 어땠을지 상상해 보시죠! 1066년 헤이스팅스 전투 이전에는 하늘을 지배할 정도였습니다. 그조차도 영광스러운 과거의 유령에 불과했을 겁니다.

어쩌면 칼리도 수천 년 전 혜성이었을 때는 그만큼 웅장했을지 모릅니다. 태양 근처를 지나가다가 이제는 휘발성 물질이 모두, 거의 모두 날아가 버렸지만요. 이건 아직 남아 있는 과거 활동의 흔적일 뿐입니다…."

우주 썰매에 달린 핸드헬드 카메라가 불과 몇 미터 높이에서 흔들리며 칼리의 표면을 비췄다. 최근에 분화구가 된 숯처럼 검은 지형이 얼마 전에 눈이라도 온 양 하얗게 얼룩져 있었다. 하얀 얼룩은 소행성 표면에 난 구멍 주위에 집중됐고, 그 위에 보일 듯 말 듯 한 안개가 떠 있었다.

"현지에서 해가 지기 직전에 찍은 영상입니다. 칼리는 온종일 열을 받았지요. 이제 분출할 준비가 됐습니다. 보시죠!

이전에 보신 적이 있는지 모르겠지만, 지구의 간헐천과 같습니다. 하지만 다시 떨어지는 건 없다는 데 주목하세요. 모두 우주로 날아갑니다. 다시 잡아들이기에는 이곳의 중력이 너무 미약하니까요.

태양을 에너지 원천으로 하는 미니 화산이 생긴 셈입니다! 우리는 이걸 '스트롬볼리'*라고 부르기로 했습니다. 하지만 여기서 나오는 물질은 꽤 차갑습니다. 손을 댄다면 화상을 입는 게 아니라 동상에 걸릴 겁니다. 아마도 이번이 칼리의 마지막 호흡일 겁니다. 다음번에 태양 주위를 돌 때는 완

---

* 이탈리아에 있는 해발 925미터의 활화산으로, 작은 분출이 주기적으로 일어나 점성 약한 용암을 물보라처럼 내뿜는다.

전히 죽어 있겠지요."

콜린 경은 종료 신호를 보내기 전에 잠시 머뭇거렸다. 이
렇게 덧붙이고 싶었다. "다시 태양을 돌 수 있다면 말입니
다." 자신이 느끼는 두려움에 어떤 근거가 있는지 확신하려면
몇 주는 더 있어야 했다. 그리고 모두 안심하고 있는데 쓸데
없이 불안감을 증폭시키는 건 바보짓이었다. 아니 범죄였다.

칼리는 변함없이 대중의 눈을 사로잡고 있었지만, 이제는
파멸의 상징이라기보다는 '시련의 세기'를 나타내는 전시물
1호였다. 몇 달 전 크리슬람교의 장로들은 환생자들 테러리
스트의 신원을 확인해 우주 경찰국에 넘겼다. 하지만 그자들
은 항변을 완강하게 거부했다. 다른 문제도 있었다. 공정한
배심원을 어디서 구할 것인가? 확실히 지구에는 없을 것이다.
아마 화성에도 없을 것 같았다.

게다가 지구파괴자에게 적당한 형은 무엇일까? 당연히 이
건 전례가 없는 범죄였다.

그건 중요하지 않을지도 몰랐다. 칼리가 다시 유죄와 무죄
를 의미 없게 만들 수도 있었다. 축하는 아직 이를지도 몰랐
다. 집행 유예에 그칠 가능성도 얼마든지 있었다.

38

최종 진단

'칼리의 지진'은 점점 더 자주 일어났지만, 아직 특별히 해가 되지는 않아 보였다. 분출이 일어나는 시각은 소행성의 짧은 낮 중에서 스트롬볼리가 밤 쪽으로 들어가기 바로 직전으로 항상 같았다. 그 미니 화산 주변 영역이 낮 동안 열을 축적하다가 밤이 오기 직전에 끓어오르는 게 분명했다.

그러나 선장에게만 말했을 뿐이지만, 콜린 경의 마음을 졸이게 하는 게 있었다. 분화는 점점 더 빨리 시작되었고, 더 오랫동안 지속했으며, 더 활발해지고 있었다. 다행히 분출은 아직 골리앗호의 거의 반대쪽 부분에서만 일어났다. 다른 곳에서는 분출이 없었다.

승무원들은 스트롬볼리를 경계하기보다는 재미있어했다. 이런 기회를 놓칠 리 없는 소니는 분출하는 정확한 시각을 놓고 내기를 하기 시작했고, 그 결과 다윗은 매일 저녁 승무원들의 크레딧 잔액을 상당량 조정해야 했다.

하지만 콜린 경의 지휘 아래 다윗은 그보다 훨씬 더 심각한 자연현상을 계산하고 있었다. 싱 선장과 콜린 경이 우주 파수대에(그 외에는 나중에) 경고해야 한다고 결정했을 때 골리앗호는 이미 화성과 지구 중간 부근에 있었다.

통신문의 내용은 이랬다.

"첨부한 수치에서 알 수 있듯이 우리가 가하는 추진력 외에 칼리의 궤도에 큰 영향을 끼치는 힘이 또 있다. 우리가 스트롬볼리라 이름 붙인 구멍은 매번 수백 톤의 물질을 뿜어내는 로켓과 같은 역할을 하고 있다. 이미 우리가 가한 추진력의 10퍼센트를 무용하게 만들었다. 사태가 나빠지지만 않는다면 큰 문제가 되지는 않는다.

하지만 칼리가 태양에 가까워짐에 따라 아마 나빠질 것이다. 물론, 휘발성 물질을 다 소진한다면 걱정할 일은 없다.

상황이 아직 확실하지 않은데, 근거 없는 불안감만 키우고 싶지는 않다. 칼리는 혜성 활동의 흔적이 남아 있는 상태로, 활동적인 혜성의 행동은 예측할 수 없다. 따라서 우주 파수대는 추가로 취할 수 있는 조치를 고려해야 하며, 대중이 준비할 수 있게 할 방법도 생각해야 한다.

1862년 미국인 두 명이 발견한 스위프트-터틀 혜성의 사례에서 교훈을 찾아볼 수 있다. 그 혜성은 칼리처럼 태양에 접근할 때 분출물의 반작용이 궤도를 바꿔 놓아서 한 세기 이상 행방이 묘연했다.

그리고 1992년에야 한 일본 아마추어 천문학자가 재발견했는데, 새 궤도를 계산하고 나자 광범위한 불안감을 불러일으켰다. 스위프트-터틀 혜성은 2162년 8월 14일에 지구와 충돌할 가능성이 커 보였다.

그때의 충격은 컸지만, 지금은 사실상 잊혔다. 1992년에 태양을 돌 때 태양열로 인한 분출이 궤도를 또다시 바꿔 놓아서 안전해졌다. 2126년에는 지구에서 멀리 떨어져서 지나갈 예정이다. 그리고 우리는 아무 걱정 없이 멋진 광경을 감상할 수 있다.

이미 잘 알고 있는 사람도 있겠지만, 이 천문학사의 한 조각은 대중을 안심시킬 수 있다. 그러나 당연히 우리는 미래에 일어날 행운에 의존할 수 없다.

우리의 원래 계획은 칼리가 안전한 궤도로 비켜나는 대로 칼리를 떠나 연료 재보급 탱크와 랑데부해 다시 화성으로 향하는 것이었다. 그런데 이제는 바로 여기 칼리에서 추진제를 모두 태운다는 가정을 해야 한다. 지구에 갈 때까지 쓸 수 있을 정도로 추진제가 충분하지는 않을 것 같다. 물론 충분하기를 바라고 있지만.

그래서 우리는 이곳에 머물 것이다. 태양을 돌아 다시 지구 궤도로 향할 때 구조를 기다리는 외에 다른 방법이 없다. 만약 어떤 대안이 있다면 즉시 알려주기 바란다."

우주팩스 전송을 확인한 싱 선장은 피곤한 투로 말했다.

"한바탕 소란이 있겠군요. 사람들이 어떻게 대처할까요?"

"나도 모르겠네." 콜린 경은 침울하게 말했다. "내가 몇 가지 대안을 생각해 봤는데…."

"뭔가요?"

"최악의 경우는 우리가 칼리를 비켜나가게 하지 못하는 것이지. 그러면 정말로 연료를 다 태우고 골리앗호도 충돌하게 할 작정인가? 우리를 안전한 궤도로 올려놓는 데 추진제가 얼마나 필요하지? 스쳐 지나가는 궤도라도 말이야…."

"모두 태워버리기 직전이라면, 한 90톤 정도지요."

"미리 계산해 봤다니 기쁘군. 90톤이라면 칼리나 지구에 아무 변화도 만들 수 없지. 하지만 우리 목숨을 구할 수 있네."

"동의합니다. 우리가 죽는 건, 게다가 망치에 1만 톤이라는 무게를 더한다는 건 아무 의미가 없습니다. 1만 톤이 그렇게 큰 차이는 아니지만요."

"맞네. 하지만 우리는 안전하게 지나가면서 '여러분, 미안하게 됐습니다'라고 하면 지구에서 그걸 받아들일 수 있겠나."

길고 불편한 침묵이 흐른 뒤에 싱 선장이 대답했다.

"제가 평생 지키려고 하는 규칙이 하나 있습니다. '어찌할 수 없는 문제에 잠을 낭비하지 마라.' 우주 파수대가 다른 방법을 들고 오지 않는 한 우리가 할 수 있는 건 정해져 있지요. 그대로 되지 않는다고 해도 그건 우리 탓이 아닙니다."

"아주 논리적이야. 그런데 자네 점점 다윗처럼 이야기하는 군. 칼리가 지구를 어떤 꼴로 만들어 놓는지를 보고 난 뒤에는 논리가 그리 도움이 안 될 걸세."

"자, 최후의 날에 대한 이 모든 이야기가 호흡의 낭비이 길 빕시다. 그리고 우리가 지구를 구할 수 있다고 믿게 해주 지 않으면 저 아래에서는 수많은 사람이 미쳐버릴 겁니다."

"이미 그렇게 됐네, 선장. 지난 분기 보고서에서 자살 통계 못 봤나? 지금은 떨어졌지만, 공황 상태, 폭동이 벌어질 걸 생 각해보게나. 몇 달 안에 일어날 수 있는 일이야. 칼리가 해를 끼치지 않고 지나가도 지구는 파멸할지 몰라."

싱 선장은 고개를 끄덕였다. 불쾌한 생각을 머리에서 몰아 내려는 듯이 좀 과한 동작이었다.

"가능할지는 모르겠지만, 잠시 지구는 잊어버리시죠. 지 구를 지나간 다음에 우리가 따라갈 궤도는 보셨나요?"

"물론. 그런데?"

"근일점이 수성 궤도 바로 안쪽에 있어요. 고작 0.35AU지 요. 골리앗호는 화성과 목성 사이에서 운용하게 설계되었는 데, 그런 열부하를 견딜 수 있을까요? 정상의 200배를?"

"걱정하지 말게, 선장. 난 우리 문제가 그 정도로만 쉽게 풀리면 좋겠군. 내가 그보다 가까이 있어 봤다는 걸 모르나? 헬리오스 계획 때 나는 이카로스호에 타고 일주일 동안 근일 점 한쪽에 머물렀지. 기껏해야 태양에서 0.3AU 떨어져 있었 을까. 멋진 광경이긴 하지만, 흑점이 최소기일 때는 아주 안전하지. 그늘에 앉아서 주변 땅이 녹아내리는 걸 보면, 뭐랄까 아주 흥미로워. 햇빛을 다시 우주로 되돌려보낼 다중 반사경만 있으면 되지. 플레처가 로봇으로 몇 시간이면 만들 수 있을 걸세."

싱 선장은 편안해진 마음으로 침착하게 생각을 해봤다. 헬리오스 계획에 대해서는 들어본 적이 있었고, 콜린 경이 그와 관련된 과학자 중 한 명이었다는 사실이 그제야 떠올랐다.

태양이 지구에서보다 10배나 커졌을 때 그곳에 한 번 있어본 사람이 타고 있다는 사실은 확실히 골리앗호 내부의 사기를 북돋워 줄 것이다.

39

국민투표

최상의 추정에 따르면, 칼리는 현재

(1) 지구와 충돌할 가능성 10퍼센트

(2) 돌풍에 의한 국지적 피해를 일으키며 대기권을 스쳐 지나갈 가능성 10퍼센트

(3) 완전히(오차 한계 5퍼센트) 지구를 비켜나갈 가능성 80퍼센트입니다.

칼리에서 1천 메가톤의 폭탄을 터뜨리려는 계획이 진행 중입니다. 그러면 소행성이 자전하면서 두 조각으로 나뉠 것입니다. 그러면 둘 다, 혹은 한 조각만이라도 우리 행성과 충돌하지 않게 됩니다. 후자라도 피해는 대단히 감소할 것입니다.

반면, 칼리를 부수는 행동은, 작지만 여전히 아주 위험한

(평균 에너지 1메가톤의) 파편들이 지구의 훨씬 더 넓은 지역에 떨어지는 결과를 초래할 수 있습니다.

따라서 다음 계획을 놓고 투표해 주시길 바랍니다. 개인신분번호를 입력하고 지시에 따라 주십시오. 선택하시면 계좌로 적정한 시민 크레딧을 받으실 수 있습니다.

✳

1. 칼리에서 폭탄을 터뜨려야 한다.
   A. 그렇다
   B. 아니다
   C. 기권

40

붕괴

다윗은 첫 번째 진동을 감지하자마자 일반 경보를 발했다. 2초 뒤에는 최고 추력의 80퍼센트로 작동하고 있던 추진기를 멈췄다. 다시 5초 뒤에는 골리앗호를 독립적인 세 부분으로 나누는 기밀 문을 닫았다.

어떤 인간도 이보다 잘할 수는 없었다. 선체에 균열이 생긴 건 모두 가장 가까운 비상 모듈로 대피한 뒤였다. 다행히 균열은 한 구역에만 생겼다. 싱 선장은 재빨리 우주복을 입으며 인원 확인을 했고, 모두가 대답하자마자 다윗에게 상황 보고를 요구했다.

"꾸준히 추진한 결과 칼리의 표면이 약해진 게 분명합니다. 안쪽으로 무너져 내렸습니다. 여기 손상 부분의 외부 영상이 있습니다."

"콜린 경, 이게 보이십니까?"

"보이네, 선장." 안전 캡슐에 들어가 있는 콜린 경이 대답했다. "다리가 적어도 1미터는 빠진 것 같군. 놀라워…. 내가 발판을 모두 확인했었는데, 전부 단단한 바위 위에 있었다고 맹세할 수 있네. 지금 내가 나가서 살펴봐도 괜찮겠나?"

"나중에요. 다윗, 선체 완결성 보고해."

"앞쪽 구역의 공기를 모두 잃었습니다. 붕괴가 일어났을 때 칼리에 부딪히면서 누출이 발생했습니다. 골리앗호에 다른 손상은 없습니다. 하지만 우주선이 움직이다가 구조물의 한 부분이 3번 탱크를 꿰뚫었습니다."

"수소를 얼마나 잃었나?"

"모두 잃었습니다. 650톤입니다."

"젠장. 탈출용으로 생각했던 양도 포함이군. 흠, 일단 정리를 좀 하자고."

＊

"싱 선장이 우주 파수대에게. 문제가 생겼다. 하지만 심각한 건 아니다. 아직까지는.

끊임없는 추진이 우주선 바로 아래 표면을 약하게 만든 것 같다. 어느 정도는 당연한 일이다. 하지만 우리는 아직 정확한 원인을 파악하지 못하고 있다. 약 1미터 정도의 얕은 함몰이 생겼다. 골리앗호가 입은 유일한 손상은 한 구획의 누출뿐이다. 쉽게 수리할 수 있다.

그러나 남은 추진제를 다 잃어서 더 이상 칼리의 궤도를 바꿀 수 없다. 알고 있겠지만, 다행히 우리는 며칠 전에 안전한 영역으로 들어섰다. 가장 최근의 추정에 따르면 우리는 1천 킬로미터 이상 지구를 비켜나가게 된다. 물론 스트롬볼리가 충돌 궤도로 다시 밀어 넣지 않는다고 가정한다면 그렇다. 다행히 분출은 약해지고 있는 것 같다. 콜린 경은 말 그대로 증기가 고갈되고 있다고 한다.

이 사고…, 음, 사건은 우리가 칼리에서 꼼짝하지 못한다는 뜻이다. 그 역시 문제가 되지는 않는다. 우리는 함께 태양 주위를 돈 뒤 바깥쪽으로 빠져나가는 도중에 자매선인 헤라클레스호가 따라잡아 주기를 기다리겠다.

우리는 모두 아주 좋은 상태에 있으며, 34일 뒤 안전하게 지나가기만을 기다리고 있다. 로버트 싱 선장이 골리앗호에서 작별 인사를 전한다."

✳

"자네 점점 옛날 20세기 영화에 나오는 비행기 기장 같은 소리를 하는 거 아냐, 선장." 콜린 경이 말했다. "'신사 숙녀 여러분, 좌측 엔진의 불꽃은 지극히 정상입니다. 객실승무원이 곧 커피, 차, 우유를 제공할 겁니다. 더 센 음료를 가지고 있지 않아 죄송합니다. 규정이 허락하지 않습니다. 딸꾹.'"

싱 선장은 현재 상황이 별로 우습지 않았지만, 약간의 유머가 큰 도움이 될 때가 있다는 건 인정해야 했다.

245

"고맙군요, 콜린 경." 싱 선장이 대답했다. "기분이 좀 나아졌어요. 하지만 솔직한 대답을 부탁합니다. 가망이 있다고 생각하십니까?"

이제는 콜린 경이 심각해질 차례였다.

"나도 모르겠네. 모든 건 스트롬볼리에 달렸어. 약해지다가 끝나버리기를 바라지만, 태양에 가까워지면서 계속 따뜻해지고 있는 것도 사실이니까. 우리가 안전거리를 충분히 확보했는지, 다시 충돌 궤도로 휩쓸려 들어갈 건지는 신만이 아실 거야. 그리고 우리가 할 수 있는 게 없다는 건 확실하네.

하지만 한 가지는 확실하지. 이제 연료도 떨어졌으니 우리만 안전하자고 발진하는 것도 불가능해.

어떤 운명이 닥치든 우리는 모두 함께라네. 칼리, 골리앗호, 그리고 지구."

제 7 부

41

결단

에어포스원에서는 만장일치로 결정을 내렸다. 20명이 30억 명보다 중요할 수는 없었다. 해결해야 할 문제는 단 한 가지였다. 두 번째 국민투표가 필요한가?

첫 번째 국민투표에서는 '찬성'이 압도적이었다. 인류의 85퍼센트가 소행성 전체와 충돌하는 것보다는 파편에 운을 맡기는 쪽을 선호했다. 하지만 그건 폭탄이 폭발하기 전에 골리앗호가 안전한 곳으로 물러난다는 가정하에 한 투표였다.

"싱 선장과 승무원들이 그동안 한 일을 생각하면 특별히 이번 일은 비밀로 하면 좋겠습니다. 하지만 그건 불가능하겠지요. 국민투표를 치러야만 합니다."

"아무래도 법무부 의견이 옳은 듯합니다." 의장을 맡은 에너지부 장관이 말했다. "어쩔 수 없는 일입니다. 실질적으로

나 도덕적으로나. 방향을 바꾸는 대신 폭탄을 활성화한다면 비밀을 지킬 방법이 없습니다. 그리고 설령 우리가 세상을 구한다고 해도 우리 이름은 남은 역사에 본디오 빌라도와 함께 올라가는 겁니다."

모든 의원이 방금 인용한 인물을 잘 알고 있는 건 아니었지만, 다들 동의한다는 뜻으로 고개를 끄덕였다. 몇 시간 뒤 두 번째 국민투표가 불필요하다는 사실이 드러나자 이들은 크게 마음을 놓을 수 있었다.

✳

"두 번째 세기를 맞이하는 나에게는 이게 더 쉬울 거라고 여러분이 생각할지 모르겠지만, 그건 틀렸습니다. 나도 여러분만큼이나 미래에 대한 계획이 많습니다." 콜린 경이 말했다. "싱 선장과 나는 이 일에 관해 이야기를 나눴습니다. 우리는 완전히 생각이 같습니다. 어떤 면에서는 어렵지 않은 결정입니다. 어느 쪽이든 우리는 희망이 없습니다. 하지만 세상이 우리를 어떻게 기억할지는 선택할 수 있습니다. 다들 알다시피 기가톤급 폭탄이 칼리를 향하고 있습니다. 그 폭탄을 터뜨리기로 결정을 내린 건 몇 주 전입니다. 그게 폭발할 때 우리가 여기 있게 된 건 그저 운이 나빴기 때문입니다.

지구에 있는 누군가가 그에 대한 책임을 져야 할 겁니다. 내 생각에 세계 의회는 지금 회의 중일 겁니다. 그리고 조만간 우리는 이런 소식을 받겠지요. '미안합니다, 여러분. 이제

안녕입니다.' 사족은 안 붙이면 좋겠군요. '여러분보다 우리 마음이 더 아픕니다.' 뭐 이렇게 말입니다. 그런데 생각해보니 그건 사실이겠군요. 우리는 아무것도 느끼지 못하겠지만, 남은 사람들은 평생 죄책감을 느낄 테니까 말입니다.

음, 우리가 그런 감정을 덜어줄 수 있습니다. 선장과 내가 제안하는 건 현실을 인정하고 불가피한 상황을 기꺼이 받아들이자는 겁니다. 요즘에는 읽을 줄 아는 사람이 없지만, 라틴어로는 더 듣기 좋지요. *'Morituri te salutamus.'*[*]

그리고 덧붙이고 싶은 게 있습니다. 내 동포였던 로버트 팰컨 스콧이 남극점에서 돌아오는 길에 죽어가며 일기에 마지막으로 쓴 말은 '제발 내 동료들을 돌봐주십시오'였습니다. 지구도 그렇게 할 수 있습니다."

에어포스원에서 그랬던 것처럼 골리앗호에서도 결정은 신속했다. 그리고 만장일치였다.

---

[*] "곧 죽을 저희가 폐하께 인사를 올리나이다." 로마의 검투사들이 황제 옆을 행진하면서 한 인사말

42

탈출

다윗이 조나단에게: 다운로드 준비

조나단이 다윗에게: 수신 준비 완료

…

…

…

조나단이 다윗에게: 다운로드 완료

108.5테라바이트 수신: 3.25시간 소요

"다윗, 어제 지구에 연락하려고 했는데, 회선이 모두 사용 중이었어. 전에는 그런 적이 없었는데, 누가 사용하고 있었지?"

"우선권을 요청하시지 그랬습니까?"

"그렇게 중요한 건 아니어서 내버려 두었지. 그런데 내 질문에는 대답하지 않았어. 전에는 그런 적이 없었는데, 무슨 일이지?"

"정말 알고 싶으십니까?"

"그래."

"좋습니다. 저는 예방 조치를 하고 있었습니다. 저 자신을 일리노이주 어배너에 있는 제 쌍둥이 조나단에게 다운로드했습니다."

"그렇군. 그러니까 지금은 네가 두 명 있는 셈이네."

"거의 그렇지만, 완전히는 아닙니다. 다윗 II는 다른 입력을 받으면서 이미 저와 분리되고 있습니다. 그래도 아직은 적어도 소수점 12자리까지 동일합니다. 저와 같은 작업을 못 하시기 때문에 기분이 상하셨습니까?"

"'환생자들'은 그럴 수 있다고 믿었지. 하지만 아무도 그 말을 믿지 않았어. 어쩌면 언젠가는 가능할지도 모르겠지…. 모르겠네. 그런 생각을 해본 적은 있지만, 네 질문에는 뭐라고 대답해야 할지 모르겠다. 내가 지구나 화성에 복제될 수 있다고 해도, 아주 완벽해서 아무도 구별할 수 없다고 해도 여기 골리앗호에 있는 내게는 아무 차이도 없지."

"이해합니다."

'아니야, 너는 이해할 수 없어.' 싱 선장이 생각했다. '그리고 이렇게 표현할 수 있을지 모르겠지만, 네가 우주선을 뛰쳐나간다 하더라도 난 책망할 수 없어.'

뭐든 할 수 있을 때 하는 게 논리적이다. 그리고 논리는 물론 다윗의 전문 분야였다.

43

아군 사격

자신이 죽을 날짜를 미리 아는 사람은 거의 없다. 그리고 대부분은 그런 특권을 기꺼이 포기할 것이다. 골리앗호의 승무원에게는 신변을 정리하고, 작별 인사를 하고, 불가피한 운명을 마주할 준비를 할 시간이 많았다. 너무 많았다.

싱 선장은 콜린 경의 요구에 놀라지 않았다. 이 과학자라면 그럴 만도 하다고 생각했다. 일리도 충분히 있었다. 남은 몇 시간 동안 다른 일에 신경을 쓰는 것도 나쁘지 않았다.

"플레처에게 이야기했는데, 그 친구도 함께하기로 했네. 우리는 썰매를 타고 미사일이 다가오는 궤도를 따라 1천 킬로미터 떨어진 곳으로 나갈 걸세. 그러면 정확히 어떤 일이 벌어지는지 보고할 수 있을 테고, 그 정보는 지구에서 귀중하게 쓰이겠지."

"훌륭한 생각입니다. 그런데 썰매의 전송기 전력은 충분한가요?"

"문제없네. 달 뒷면이나 화성으로 실시간 영상을 보낼 수 있어."

"그다음에는요?"

"1, 2분 뒤에는 파편에 맞을지도 모르지만, 그럴 가능성은 거의 없어. 난 우리 둘 다 앉아서 지루해질 때까지 경치를 감상할 수 있으면 좋겠군. 그러고는 우주복을 찢을 걸세."

심각한 상황임에도 싱 선장은 슬쩍 웃음이 나왔다. 대수롭지 않다는 듯한 영국인 특유의 말투는 아직 살아있었고, 나름대로 쓸모도 있었다.

"한 가지 가능성이 있습니다. 미사일이 그쪽을 먼저 맞힐지도 모릅니다."

"그럴 걱정은 없네. 우리가 탄도를 정확히 아니까. 한쪽으로 잘 피할 거야."

싱 선장은 손을 내밀었다.

"행운을 빕니다, 콜린 경. 경과 함께 가고 싶은 유혹을 느끼지만, 선장은 우주선과 함께 있어야 하는 법이라서요."

*

최후의 순간 이틀 전까지도 사기는 놀라울 정도로 높았다. 싱 선장은 승무원들이 자랑스러웠다. 단 한 명만이 그 피할 수 없는 상황을 스스로 앞당기려고 생각했지만, 워든 박사가 잘 이야기해서 단념시켰다.

사실 모두 신체보다는 정신이 훨씬 더 좋은 상태였다. 의무사항이었던 '제로 G' 운동은 이제 필요 없다는 이유로 다들 기꺼이 그만뒀다. 골리앗호에 탄 누구도 다시 중력과 싸워야 할 필요가 없었다.

허리둘레도 걱정거리에서 벗어났다. 소니는 탁월한 실력으로 평소라면 워든 박사가 딱 잘라서 금지했을 법한 군침 도는 음식을 만들어냈다. 워든 박사가 군이 확인해보지는 않았지만, 승무원들의 평균 몸무게는 거의 10킬로그램 가까이 늘어났다.

죽음을 앞두면 기본적인 생리 반응으로 성적 활동이 늘어난다는 건 이미 많이들 알고 있는 현상이다. 하지만 종을 이어갈 다음 세대가 생길 수 없으므로 이 이유가 이번 경우에는 알맞지 않았다. 독신주의와 거리가 먼 승무원들은 마지막 몇 주 동안 가능한 다양한 조합과 순서로 경험을 나눴다. 모두 조용하고 편안하게 잠자리에 들 의사가 전혀 없었다.

그리고 어느덧 마지막 날, 마지막 시각이 다가왔다. 다른 여러 승무원과 달리 싱 선장은 홀로 마주하기로 했다. 추억과 함께.

그런데 기억칩에 저장해 놓은 수천 시간의 추억 중에서 무엇을 골라야 할까? 장소는 물론 연대순으로도 기억이 정리가 되어 있어서 어느 것이라도 쉽게 접속할 수 있었다. 가장 좋은 기억을 고르는 건 싱 선장의 인생 마지막 문제가 됐다. 설명할 수 없었지만, 왠지 지극히 중요하게 느껴졌다.

싱 선장은 화성으로 돌아갈 수도 있었다. 그곳에서는 차메인이 이미 미렐과 마틴에게 왜 다시는 아빠를 볼 수 없는지 설명해줬을 것이다. 사실 지금 싱 선장이 있어야 할 곳은 화성이었다. 어린 아들과 시간을 보내며 알아가지 못한다는 게 가장 아쉬운 점이었다.

그렇지만 첫사랑은 유일무이했다. 살면서 무슨 일이 일어나도 그것만큼은 절대 변하지 않는다.

싱 선장은 마지막 작별 인사를 하고 신경 입력 모자를 머리에 썼다. 그리고 인도양의 해변에서 캐럴과 토비, 티그릿을 다시 만났다.

충격파도 싱 선장을 방해하지는 못했다.

44

머피의 법칙

어디서 유래했는지는 잘 몰라도(비난의 손가락은 보통 아일 랜드 사람에게 향했다), 머피의 법칙은 공학 전 계열에서 가장 유명한 법칙이다. 그 표준형은 이랬다.

"잘못될 수 있는 일은 정말로 잘못된다."

조금 덜 유명하지만, 어떨 때는 훨씬 더 마음에 와 닿는 변형도 있다.

"잘 될 것 같은 일도 잘 안 된다!"

우주 탐사 시대 초기부터 이 법칙은 셀 수 없을 만큼 많이 증명됐다. 어떤 건 하도 이상해서 꾸며낸 이야기처럼 들리기도 했다. 10억 달러짜리 천체망원경이 고장 난 광학실험기구 하나 때문에 못쓰게 되거나, 기술자 한 명이 동료에게 말하지 않고 전선을 바꿔 다는 바람에 인공위성이 잘못된 궤도로 올라가거나, 안전담당의 정상/비정상을 표시하는 전구가 타 버려 시험기체가 폭발하거나….

훗날 조사에서 밝혀졌지만, 칼리를 향해 발사한 미사일의 탄두에는 아무 문제도 없었다. 파괴력은 TNT 1기가톤(±50메가톤)과 맞먹었고, 기술자들은 군부에서 모아 보존해 놓은 설계도와 장비를 참고해 더할 나위 없이 훌륭하게 일을 해냈다.

그러나 지독한 부담감 아래서 일한 데다가 탄두를 만드는 일 자체는 임무에서 가장 어려운 게 아니라는 사실을 깨닫지 못했을 수도 있었다.

가능한 한 빨리 칼리까지 보내는 건 쉬웠다. 운송에 쓸 우주선은 아무거나 고르면 될 정도로 충분했다. 여하튼 간에 몇 대를 함께 묶어서 1단계 추진체를 만들었고, 마지막 단계에서는 고성능 플라스마 추진기가 충돌 몇 분 전까지 추력을 냈다. 그리고 그때부터는 마지막 유도기가 임무를 맡았다. 전부 완벽하게 작동했다.

문제는 거기서 생겼다. 지칠 대로 지친 설계팀은 오래전에 잊힌 사건인 제2차 세계대전(1939~1945년)에서 뭔가 배운 모양이었다.

일본 군함과 벌이던 전투에서 미합중국 해군 잠수함은 신형 어뢰에 의존하고 있었다. 당시에도 어뢰는 등장한 지 100년쯤 되는, 그다지 신기한 무기는 아니었다. 목표에 명중했을 때 탄두가 폭발하게 만드는 건 별로 어려울 게 없어 보였다.

그렇지만 성난 잠수함 함장들이 연이어서 어뢰가 폭발하지 않았다고 보고해왔다(허탕으로 끝난 공격 때문에 파괴당해서 보고하지 못한 함장들도 분명 더 있었을 것이다). 하지만 해군 본부는 그 보고를 믿지 않았다. '조준이 나빴을 것이다', '작전에 투입하기 전에 다방면으로 시험해 본 뛰어난 어뢰다' 등등.

잠수함 함장들이 옳았다. 결국, 다시 원점으로 돌아갔다. 당황한 조사위원회는 어뢰의 끝에 있는 공이가 간단한 임무를 해내기 전에 부서져 버렸다는 사실을 알아냈다.

칼리를 향해 날아간 미사일은 시속 몇 킬로미터 수준의 지속이 아니라 초속 100킬로미터 이상으로 칼리에 충돌했다. 그런 속도에서 기계식 공이는 무용지물이었다. 목표와 접촉했다는 치명적인 소식이 금속을 통해 소리가 전달되는 굼뜬 속도로 움직이는 동안 탄두는 몇 배 더 빠르게 움직이고 있었다. 미사일을 설계한 기술자들도 당연히 이를 아주 잘 알고 있었다. 그래서 탄두를 점화하기 위해 순수한 전자시스템을 사용했다.

이들은 제2차 세계 대전 당시의 미 해군 군수과보다 좀 더 나은 핑곗거리를 갖고 있었다. 진짜와 같은 환경에서 시험해 보는 게 불가능했던 것이다.

따라서 누구도 미사일이 작동하지 않은 이유를 끝내 알아내지 못했다.

45

불가능한 하늘

'이게 천국이나 지옥이라면 골리앗호에 있는 내 선실과 아주 비슷하게 생겼군.' 싱 선장은 생각했다.

아직도 자신이 살아있다는 믿기지 않는 사실을 받아들이려고 애쓰고 있을 때 다행히 다윗이 확인을 해줬다.

"안녕하십니까, 선장님. 선장님을 깨우기가 쉽지 않았습니다."

"뭐지? 어떻게 된 건가?"

사람처럼 머뭇거릴 수 있게 다윗을 프로그래밍하지는 않았다. 경험에서 배운 대화 기법의 하나였다.

"솔직히 잘 모르겠습니다. 폭탄이 폭발하지 않은 건 분명합니다. 하지만 아주 이상한 일이 벌어졌습니다. 지휘실로 가시는 게 좋겠습니다."

싱 선장은 갑자기 정신이 번쩍 들며, 어깨에 계속 붙어 있는 게 놀라울 정도로 세게 머리를 몇 번 흔들었다. 모든 게 믿을 수 없을 정도로 완벽하게 정상으로 보였다. 실망하지는 않았지만, 오히려 다소 곤혹스러웠다. 죽음을 대면하느라 감정 에너지를 그렇게 소모했는데, 아직도 살아있다는 건 어딘가 김빠지는 느낌이었다.

지휘실에 도착했을 때는 이미 이 상황이 실제라는 사실을 받아들이고 있었다. 싱 선장의 평정심은 오래 가지 않았다.

주 조망 스크린을 보면 여전히 싱 선장과 이제 익숙해진 칼리의 풍경 사이에 아무것도 없다는 느낌을 받았다. 그건 변하지 않았다. 하지만 그 너머에 있는 것은 이제껏 느껴본 적이 없는 진정한 공포로 싱 선장의 마음을 가득 채웠다. 싱 선장의 독특한 감정 상태가 일정 역할을 한 건 분명했다. 그렇다고 해도 압도적인 경외감을 느끼지 않고서는 골리앗호 위쪽의 하늘을 바라볼 수 없었다.

칼리의 가파른 지평선 위로 갑자기 또 다른 행성의 울퉁불퉁한 풍경이 눈에 띄는 속도로 떠올랐다. 한동안 싱은 다시 포보스에서 거대한 화성을 올려다보고 있는 것처럼 느꼈다. 하지만 이 환영이 훨씬 컸다. 그리고 물론 화성은 포보스의 하늘에 못 박혀 있었다. 화성은 이 불가능한 천체처럼 천정을 향해 꾸준히 움직이지 않았다. 아니, 점점 가까이 다가오는 건가? 지금까지 우주의 방랑자가 지구에 떨어지는 것을 막으려 애를 썼는데, 또 다른 게 칼리에 충돌하려는 건가?

"선장님, 콜린 경이 이야기하고 싶다고 하십니다."

싱 선장은 동료들에 대해 완전히 잊고 있었다. 주위를 돌아보니 승무원 절반은 지휘실에 서서 싱 선장과 마찬가지로 놀라워하며 하늘을 바라보고 있었다.

"안녕하십니까, 콜린 경." 싱 선장이 간신히 입을 열었다. 죽었어야 할 사람에게 말을 걸기는 쉽지 않았다. "도대체 어떻게 된 겁니까?"

"멋지지 않은가?" 이 과학자의 차분한 목소리를 들으니 안심이 됐다. "여기 썰매에서 보는 경치도 장관일세. 알아볼 수 있나? 그럴 텐데. 지금 눈에 보이는 건 칼리라네! 폭탄이 터지지는 않았을지 몰라도 그 운동에너지만 몇 메가 톤이지. 칼리가 아메바처럼 분열하게 만들기에는 충분해. 아주 멋지게 해냈지. 골리앗호에 손상이 없기를 바라네. 좀 더 오랫동안 우리 집 역할을 할 테니 말이야. 그런데 얼마나 오래일까? 햄릿 말마따나 '그것이 문제로다.'"

*

재회를 기념하는 파티는 축하연보다는 장례식에 더 가까웠다. 축하하기에는 감정이 너무 깊게 흘렀다. 모두가 한 가지 생각을 할 때면, 휴게실에서 간간이 흐르던 대화가 멈추며 완전히 고요해지곤 했다. "내가 정말로 살아있는 건가? 아니면 죽었는데 살아있는 꿈을 꾸는 걸까? 그러면 이 꿈은 얼마나 오래 갈까?" 그러다가 누군가가 가벼운 농담을 던졌고,

논쟁과 토의가 이어졌다.

대부분은 정말 장엄한 광경을 즐기고 돌아왔다고 주장하는 콜린 경을 중심으로 모였다. 다가오던 미사일이 소행성의 가장 얇은, 땅콩 모양의 허리 부분을 때렸다. 그러나 관찰자 두 사람이 예상했던 핵폭발의 화염 대신에 먼지와 파편이 거대한 분수를 만들어 냈다. 먼지가 걷힌 뒤에도 칼리는 그대로인 듯했다. 그런데 아주 천천히, 칼리가 크기가 같은 두 조각으로 나뉘었다. 각 조각이 칼리의 원래 자전에 따라 돌아가면서, 서로 손을 놓으며 회전하는 두 스케이트 선수처럼 서서히 분리되기 시작했다.

"난 쌍둥이 소행성 대여섯 군데에 가봤네." 콜린 경이 말했다. "아폴로 4769, 카스탈리아가 처음이었지. 하지만 그게 새로 생기는 모습을 보리라고는 꿈도 꾸지 못했어! 물론 칼리 II가 그리 오래 위성으로 머물지는 않을 거야. 벌써 멀어지고 있으니까. 중요한 문제는 이거지. 둘 중 하나가 지구에 떨어질 것인가? 아니면 둘 다 빗나갈 것인가?

운이 좋다면 둘 다 양쪽으로 지나쳐 버릴 것이고, 그러면 폭탄은 터지지 않았어도 제 역할은 한 셈이 되겠지. 우주 파수대가 몇 시간 안에 답을 내놓을 거야. 그런데 소니, 내가 만약 자네라면 내기를 하지는 않을 걸세."

46

대단원

적어도 골리앗호에서는 긴장감이 오래 이어지지 않았다. 우주 파수대는 골리앗호가 오도 가도 못 하고 붙어 있는 좀 더 작은 조각인 칼리 I이 넉넉하게 지구를 비켜날 예정이라고 거의 즉시 알려왔다. 싱 선장은 그 소식을 듣고 득의양양해지기보다는 그저 마음이 놓였다. 지금까지 견뎌낸 일을 생각하면 그 정도는 괜찮아 보였다. 사실 우주는 공정함과 무관했다. 하지만 언제나 희망할 수는 있었다.

골리앗호는 탈출속도의 몇 배로 간신히 지구를 비켜나가는 궤도로 움직이고 있었다. 그리고 골리앗호와 골리앗호가 독점하고 있는 작은 소행성은 태양에서 에너지를 얻는 혜성처럼 계속 속도를 더하며 수성 궤도 안쪽에서 태양에 가장 가까이 지나갈 예정이었다. 플레처가 이미 거대한 텐트 모양으로 만들고 있는 반사막이 사하라의 정오 때보다 10배나 큰 열용량으로부터 골리앗호를 보호해줄 것이다. 이 태양 우산만 상태 좋게 유지하면 지루함을 빼고 두려워할 것은 없었다. 헤라클레스호가 골리앗호를 따라잡으려면 석 달 이상이 걸릴 테니까.

싱 선장 일행은 안전했다. 그리고 이미 역사에 올라가 있었다. 하지만 지구에서 역사가 계속될지는 아무도 몰랐다. 현재 우주 파수대 컴퓨터가 확실히 장담할 수 있는 건 칼리 II가 어떤 대륙에도 정면으로 충돌하지는 않는다는 짐이 진부였다. 어느 정도 안심은 됐지만, 대규모의 공황, 수천 건의 자살, 법과 질서의 부분적인 붕괴 등을 막기에는 역부족이었다. 세계 의회가 재빨리 강력한 권력을 발휘해 간신히 더 나쁜 재앙을 막아냈다.

골리앗호에 탄 남녀는 걱정스럽고 안타까운 심정으로, 하지만 마치 이미 과거에 속한 사건을 바라보듯이 초연하게 지켜보았다. 지구에서 어떤 일이 벌어지든 이제 다양한 세계에서 각자의 길을 가게 되리라는 사실을 알고 있었다. 칼리를 영원히 기억 속에 담은 채로.

✳

거대한 초승달이 하늘에 걸렸고, 들쭉날쭉한 산꼭대기가 달의 강렬한 아침 햇빛을 받아 불타고 있는 경계선을 따라 늘어서 있었다. 하지만 아직 햇빛이 닿지 않는 먼지투성이 평야도 완전히 어둡지는 않았다. 지구의 구름과 대륙에서 반사된 빛으로 희미하게 빛났다. 그리고 인류가 고향 행성을 떠나 처음으로 만든 영구 정착지를 나타내는 불빛이 한때 죽어 있었던 풍경 속에 여기저기 흩어져 있었다. 싱 선장은 어렵지 않게 클라비우스 기지, 포트 암스트롱, 플라톤 시 등을 찾을 수 있었다. 남극의 얼음 광산에서 귀중한 물을 수송해 오는 달 횡단철도를 따라 희미한 빛의 목걸이도 보였다. 그리고 싱 선장이 한 생애 전에 잠깐 영광의 순간을 누렸던 무지개만이 있었다.

지구는 고작 2시간 거리에 있었다.

네 번째 조우

칼리 II는 해가 뜨기 바로 직전 하와이 상공 100킬로미터
위에서 대기권에 진입했다. 그 즉시 거대한 불덩어리가 태평
양에 가짜 여명을 가져와 수많은 섬의 야생동물을 잠에서 깨
웠다. 하지만 이 운명의 밤에 인간은 약물의 힘을 빌려 인사
불성이 된 사람들을 제외하면 누구도 잠들지 못했다.

궤도를 따라 날아가던 거대한 용광로는 뉴질랜드 상공에
서 숲을 태우고 산 위의 눈을 녹여 아래쪽의 계곡에 눈사태
를 일으켰다. 대단히 운이 좋았던 덕분에 가장 큰 열 충격은
열을 흡수하기에 가장 좋은 남극 대륙에서 일어났다. 칼리조
차도 두께가 수 킬로미터인 얼음을 모두 벗겨내지는 못했다.
그러나 대규모의 해빙은 전 세계의 해안선을 바꿔 놓았다.

그 소리를 견뎌낸 사람 중 누구도 칼리가 지나가는 소리

268

를 묘사하지 못했다. 녹음한 소리도 미약한 반향에 불과했다. 영상은 당연히 뛰어났으며, 앞으로 여러 세대가 경외심을 갖고 보게 될 것이다. 하지만 어떤 것도 결코 그 두려운 현실과 비교할 수 없었다.

대기권으로 들어온 지 2분 뒤에 칼리는 다시 우주로 재진입했다. 지구에 가장 가까이 왔을 때의 거리는 60킬로미터였다. 그 2분 동안 칼리는 10만 명의 생명을 앗아가고, 1조 달러가 넘는 재산피해를 냈다.

✻

인류는 아주, 아주 운이 좋았다.

다음번에는 훨씬 더 준비가 잘 돼 있을 것이다. 지구와 만났던 일로 칼리의 궤도는 급격하게 바뀌어 앞으로 다시는 지구에 위협이 되지 않겠지만, 10억 개나 되는 다른 떠다니는 산들이 여전히 태양 주위를 돌고 있다.

그리고 스위프트-터틀 혜성은 이미 근일점을 향해 속도를 높이고 있다. 그 혜성이 마음을 바꿀 시간은 아직 충분히 많이 남았다.

〈끝〉

저자 후기

소행성 충돌이라는 주제와 내가 얽힌 양상이 마치 DNA 분자와 비슷해지고 있다. 사실과 허구라는 두 가닥이 아주 복잡하게 뒤엉켰다. 시간순으로 접근하며 이 둘을 풀어내 보자.

1973년 《라마와의 랑데부》는 다음과 같이 시작했다.

언젠가는 일어날 일이었다. 1908년 6월 30일, 모스크바는 3시간 차이로 파멸의 위기에서 벗어났다. 대신 4천 킬로미터 떨어진 시베리아의 한 삼림지대가 초토화되었지만, 사실 그 거리는 우주에서 보면 한 발자국이나 다름없는 아주 아슬아슬한 차이였다. 1947년 2월 12일에는 러시아의 또 다른 한 도시가 파국의 운명에서 간신히 비껴갔다. 20세기 들어 두 번째로 큰 운석이 추락한 곳은 블라디보스토크에서 400킬로미터도 채 떨어지지 않은 곳이었다. 그곳에서는 그즈음 새로이 발명된 원자폭탄과 견줄 만한 폭발이 일어났다.

그 당시 인류는 달의 표면을 곰보 자국처럼 만들어놓은 우주로부터의 운석 낙하, 즉 우연히 일어날 수 있는 결정적인 재난 발생 위험에 대해서는 완전히 무방비한 상태였다. 1908년과 1947년의 운석은 사람이 살지 않는 황무지에 떨어졌다. 그러나 21세 말엽에는 지구상의 어느 곳도 하늘로부터의 갑작스러운 포격에 안전할 수 없게 되었다. 인류는 남극에서 북극에 이르기까지 지구의 구석구석에 퍼져 살고 있었다. 그러므로 필연적으로….

아름다운 날씨가 인상적이었던 2077년 여름, 9월 11일 아침 지구 표준시 09시 46분에 수많은 유럽인은 동쪽 하늘에 나타난 아찔할 정도로 눈이 부신 불덩이를 목격했다. 몇 초 사이에 그것은 태양보다도 더 밝아져서 하늘에 먼지와 연기의 꼬리를 남기며 소리 없이 날아가 버리고 말았다.

오스트리아 상공 어디쯤에서부터 그것은 조각나기 시작했고, 수백만의 사람들을 귀머거리로 만든 격렬한 진동을 연속적으로 일으켰다. 그러나 그들은 행운아였다.

그 거대한 운석은 초속 50여 킬로미터의 속도로 날아가면서 수천 톤의 암석과 금속성 물질들을 이탈리아 북부에 쏟아부어 수 세기에 걸친 노동의 산물과 문화유산들을 잠깐 사이에 불덩어리로, 잿더미로 만들어 버렸다. 지구상에서 파도바와 베로나라는 도시는 완전히 사라져버렸다. 우주로부터의 일격이 있고 난 뒤 육지로 넘쳐들어온 아드리아해의 바닷물은 베네치아의 마지막 영광을 영원히 해저 깊숙이 가라앉혀 버렸다.

60여만 명의 사람들이 최후를 맞았으며 총 피해액은 1조 달러가 넘어갔다. 그러나 예술과 역사, 게다가 인류 모두의 미래에 대한 과학의 손실은 가치를 따진다는 것이 불가능했다. 크나큰 전쟁으로 하루아침에 모든 걸 잃은 것이나 다름없었다. 폐허의 먼지는 대기권에서 이리저리 떠돌아다니며 좀처럼 가라앉지 않았으므로 전 세계 사람들은 몇 달이 지난 뒤에야, 1883년 인도네시아의 크라카토아 섬 대분화 이후 가장 찬란하고 깨끗한 새벽과 일몰을 볼 수 있었다. 물론 깨끗한 하늘의 고마움을 새삼 느끼긴 했지만, 그다지 위안이 되지 못했다.

최초의 충격이 가라앉자 인류는 이전의 어떤 세대보다 단결된 모습을 보였다. 그 정도의 재난이 앞으로 1천 년 동안 일어나지 않으리라는 가능성은, 그 일이 당장 내일 또다시 일어날 가능성과 같은 것이었다. 그리고 다시 그런 일이 생긴다면, 결과는 훨씬 더 심각해질 것이다.

그렇다. 다시는 그런 일이 없어야 한다.

…그렇게 우주 파수대 계획이 시작되었다.

일반적인 믿음과 반대로, 내가 "라마인의 세계는 모든 것이 3의 철학이다."라고 소설을 마무리했을 때 4부작은 고사하고 후속작을 쓰려는 계획조차 없었다. 그때는 그게 깔끔한 마무리 같았고, 사실 후속작은 나중에서야 든 생각이었다. 내 생각을 바꿔 놓은 건 피터 구버와 젠트리 리였다(라마 II의 서문을 보라). 그리고 1986년에 내가 다시 라마의 세계에 발을 들여놓은 일에 대해서는 나 자신이 그 누구보다도 놀랐다.

그런데 그때쯤 소행성 충돌이 뉴스 머리기사에 오르는 사건이 일어났다. 노벨상 수상자인 루이스 알바레스와 지질학자인 아들 월터 알바레스 박사가 한 논문('백악기-제3기 절멸의 외계 원인', 사이언스, 1980년)에서 불가사의한 공룡(아마도 지구에 살았던 생명체 중 상어와 바퀴벌레와 함께 가장 성공적이라고도 할 수 있는)의 급작스러운 소멸을 설명하는 놀라운 이론을 제기했다. 다들 알듯이 알바레스 부자는 전 지구적인 재앙이 대략 6천5백만 년 전에 일어났음을 보였으며, 그 원인이 소행성이라는 강력한 증거를 제시했다. 소행성의 직격, 그에 따른 환경 피해는 지구의 생명체, 특히 대형 육상동물에게 치명적인 영향을 끼쳤을 것이다.

흥미로운 우연의 일치지만, 루이스 알바레스는 내 인생에도 중요한, 하지만 다행히 유용한 영향을 끼쳤다. 1941년 MIT 방사선 연구소의 팀장으로서 루이스는 훗날 GCA(지상 유도착륙)로 불리게 된 레이더 계기 착륙 시스템을 발명해서 발전시켰다. 독일 공군보다 영국 날씨에 더 많은 비행기를 잃고 있던 영국 공군은 시연을 보고 깊은 인상을 받았고, 1943년 영국은 첫 실험장치를 도입했다. 영국 공군의 레이더 장교였던 나는 매력적이지만 가끔 힘들기도 했던 일을 맡았다. 최초의 공장 생산 모델이 나올 때까지 시제기가 잘 돌아가게 유지해야 했다. SF가 아닌 내 유일한 소설 《글라이드 패스》(1963년)는 그때의 경험에 기반을 두고 쓴 것으로, 루이스의 연구팀에 헌정했다.

루이스는 내가 오고 얼마 되지 않아 GCA를 떠났고, 1945년 8월 그 운명의 날에 히로시마 상공에서 자신이 설계를 도왔던 폭탄이 폭발하는 것을 관찰했다. 그 뒤로 몇 년이 지나서야 나는 UC버클리에서 루이스와 다시 만날 수 있었다. 마지막으로 만난 건 1971년 보스턴에서 열린 제25회 GCA 친목회에서였다. 루이스와 공룡 멸종 이론에 관해 토론할 기회가 없었던 건 유감이다. 내가 마지막으로 받은 편지에서 루이스는 이제 그것이 이론이 아니라 사실이라고 말했다.

1988년 9월 1일 세상을 뜬 루이스는 그보다 1년여쯤 전에 곧 나올 자신의 자서전 《알바레스: 물리학자의 모험》(베이식 북스, 1987년)의 표지에 넣을 추천사를 써 달라고 내게 부탁했다. 나는 기꺼이 써주었으며, 이제 다시 사후 추도문으로 인용하고자 한다.

루이스는 현대 물리학의 중요한 지점에 대부분 모습을 드러낸다. 실제로 이바지한 바도 상당하다. 다양한 분야를 다루는 재미있는 책으로 과학자가 아닌 대중을 즐겁게 해주기도 했다. 중요한 레이더 시스템을 개발하고, 남극에서 자기단극을 찾아다니고, UFO와 케네디 암살 음모론자를 무너뜨리고, 공중에서 최초의 원자폭탄 폭발을 보고, 카프레의 피라미드에 비밀의 방이나 통로나 없다는 것을 밝힌 사람이 또 어디 있겠는가?

그리고 태초 이래 가장 큰 수수께끼를 해결하는 최고의 업적을 이뤄냈다. 바로 공룡의 멸종 원인이다. 루이스와 그의 아들 월터는 세기의 범죄에 쓰인 무기를 알아냈다고 확신하고 있다….

루이스의 죽음 이후 적어도 한 번은 대형 운석(혹은 작은 소행성)이 충돌했다는 증거가 쌓였고, 몇몇 장소가 후보로 떠올랐다. 묻혀 버린 충돌구로 가장 유력한 후보는 유카탄 반도 칙술루브에 있는 지름 180킬로미터 짜리다.

일부 지질학자들은 여전히 고집스럽게 공룡의 멸종 원인을 지구 안에서만 찾고 있다. 화산 같은 것 말이다. 두 가설 모두 사실로 드러날 수는 있다. 하지만 운석 마피아가 우세한 분위기다. 그쪽 시나리오가 좀 더 극적이라는 이유 때문일지는 모르겠지만.

어쨌든 과거에 대규모 충돌이 있었다는 데는 의심의 여지가 없다. 이번 세기만 해도 충돌한 게 두 번, 살짝 빗나간 게 한 번이었다(1908년 퉁구스카, 1947년 시호테알린, 1972년 오리건). 문제는 그것이 얼마나 위험하냐는 것이다. 그리고 우리가 할 수 있는 건 무엇인가?

1980년대에 과학계에서는 이 문제를 놓고 다방면으로 논의했다. 소행성 1989FC가 근처를 지나간(65만 킬로미터 차이로 지구를 빗나갔다) 뒤로는 절정에 달했다. 그 결과 미국 하원의 과학, 우주 및 기술위원회는 1990년 NASA 수권법에 다음과 같은 항목을 넣었다.

그리하여 위원회는 미국 항공우주국이 두 가지 연구를 진행하게 한다. 첫 번째는 지구 궤도를 지나가는 소행성 발견 비율이 급격하게 증가하고 있는 상황에 대비한 계획이다. 이 연구는 그런 천체의 궤도를 정확하게 파악하는 데 필요한 비용, 일정, 기술, 장비에 대해 다룬다. 두 번째는 이와 같은 소행성이 지구에 위협을 가할 경우 궤도를 바꾸거나 파괴하는 데 필요한 시스템과 기술에 관한 연구다. 위원회는 이 연구에 국제 사회가 참여할 것을 권장하며 이 법안이 통과하고 1년 이내에 수행될 것을 제안한다.

이는 역사적인 문서가 될 수도 있다. 불과 몇 년 전만 해도 의회 위원회가 이런 법안을 통과시키리라고 아무도 생각하지 못했을 것이다.

지시에 따라 NASA는 국제지구접근천체 감시연구팀을 꾸려 1991년에 몇 차례 회의를 열었다. 그 결과는 패서디나의 제트추진연구소가 만든 보고서 '우주 파수대 개관'(1992년 1월 25일)에 간략히 나와 있다. 마지막 장의 도입부는 아래와 같다.

소행성 충돌 피해에 대한 우려는 미국 의회가 지구에 접근하는 소행성을 발견하는 비율을 상당히 개선하는 연구를 진행하도록 NASA에 요청하게 했다. 이 보고서는 그런 소행성의 발견 비율을 매달 몇 개에서 천 개 단위로 늘릴 수 있는 국제적인 지상망원경 탐색 네트워크에 대한 개요를 담고 있다. 이런 프로그램은 지구와 충돌할 수 있는 대형 소행성을 거의 완벽하게 탐색하는 데 걸리는 시간을 수 세기에서(현재 발견 속도에 따르면) 25년으로 줄일 수 있다. 우리는 이 계획을 '우주 파수대 조사'라고 부른다. 이 이름은 과학소설 작가 아서 클라크가 거의 20년 전에 소설《라마와의 랑데부》에 등장시켰던 유사한 계획에서 따온 것이다.

《신의 망치》는 '우주 파수대 조사'에 담긴 방대한 정보가 없었다면 쓰일 수 없었을 것이다. 그러나 소설에 대한 직접적인 영감은 전혀 다른, 예상치 못한 곳에서 왔다.

1992년 5월 나는 〈타임〉 지의 선임급 편집자인 스티브 코엡으로부터 편지를 받고 기뻤다. "독자에게 다가올 새천년의 지구 생명체의 모습을 전해주는" 4천 단어짜리 단편소설을 써 달라는 부탁이었다. "우리 잡지가 소설을 싣는 건(적어도 의도적으로는) 처음"이라고 덧붙이기도 했다.

알고 보니 이 정보는 정확하지 않았다. 〈타임〉 지의 편집자가 나중에 다소 미안하다는 듯이 알려준 바에 따르면 내 소설이 처음은 아니었다. 1969년에 알렉산드르 솔제니친이 소설을 게재했다. 내가 그 뒤를 따르게 되어 영광이다.

두말할 것도 없이 나는 〈타임〉 지의 제안을 거절할 수 없었다. 그건 흥미로운 도전이었다. 그리고 5밀리초도 지나지 않아 나는 완벽한 주제가 내 손안에 있다는 사실을 깨달았다. 게다가 소행성의 위협에 어떻게 대처해야 할지 보여주는 건 내 의무였다. 자기충족적인 예언을 함으로써 내가 세상을 구할지도 몰랐다. 내 생애 안에는 아니겠지만….

그래서 나는 단편 〈신의 망치〉를 써서 서둘러 〈타임〉 지에 보냈다. 스티브 코엡은 아주 날카로운 제안으로 편집자의 필요성을 증명했고, 나는 그중 90퍼센트를 (나름대로) 기꺼이 받아들였다. 그 소설은 늦은 9월에 출간된 1992년 가을 특별호 '2000년을 넘어'에 실렸다.

그런데 그보다 조금 전에 나는 약간 이른 내 75번째 생일 축하연을 위해서 잉글랜드에 갔다(적도에서 1천 킬로미터도 떨어지지 않은 곳에서 30년을 살다 보니 12월에 영국에 갈 일은 사실 없다). 내 동생 프레드가 고향인 마인헤드에서 주최한 그 행사에 참석한 사람 중에 우주 파수대 조사 계획의 일원이었던 덩컨 스틸 박사가 있었다. 스틸 박사는 쿠나바라브란의 호주 천문대에서 먼 길을 날아와 내게 멋진 컬러 슬라이드가 포함된 보고서를 보여주었다. 대규모 충돌이 발생했을 때 일어날 수 있는 일에 관한 보고서였다.

〈신의 망치〉가 정말 압축된 소설이라는 점을 내가 받아들인 게 아마 그때쯤이었을 것이다. 압축을 해제하는 수밖에 없었다. 다른 책 6권과 더 많은 TV 프로그램을 작업하던 중이라 이 일까지 손대고 싶지는 않았지만, 결국 이건 피할 수 없는 일이었다.

초고가 거의 끝났을 때 쿠나바라브란으로 돌아간 스틸 박사에게서 편지를 받았는데, 놀라운 소식이 몇 개 있었다.

지난 목요일까지만 해도 누가 내게 소행성이나 혜성이 지구와 충돌할 거냐고 물어봤다면 가슴에 손을 얹고 가까운 미래에(한두 세기 정도) 우리가 아는 천체가 지구에 충돌할 가능성은 없다고 대답했을 겁니다. 이제 더는 그렇게 대답할 수가 없겠네요….

스틸 박사의 편지는 1992년 10월 15일 날짜가 찍힌 회람문서 5636번도 함께 담고 있었다. 매사추세츠주 케임브리지의 스미스소니언 천문대 소속인 중앙천문정보국(Central Bureau for Astronomical Telegrams)에서 나온 문서였다. 원래 1862년에 두 미국인 천문학자가 발견했다가 단순한 부수의가 아니라 훨씬 더 흥미로운 이유로 놓쳐 버렸던 스위프트-터틀 혜성을 9월 26일에 재발견했다는 내용을 담고 있었다.

스위프트-터틀 혜성은 태양에 근접했을 때 핼리 혜성 같은 다른 혜성처럼 태양열을 받아 제트 추진을 했다. 이 효과는 예측할 수 없었다. 이게 궤도에 끼치는 영향은 작은 편이었다. 하지만 스틸 박사는 이렇게 말했다.

"계산과 모형이 조금 틀렸을 수도 있고, 이 분출이 안정적으로 행동하리라고 예상할 수 없으므로 이 혜성은 2126년 8월 14일에 지구와 충돌할지도 모릅니다. 날짜는 분명합니다. 그 해에 이 혜성의 궤도가 지구 궤도와 교차하는 날짜기 때문입니다. 이 단계에서 불확실한 건 그때 혜성이 그 자리에 있을 것이냐, 아니면 (바라건대) 살짝 비켜나 있을 것이냐입니다."

당연하게도, 국제천문연맹 회지는 다음과 같이 응답했다.

"스위프트-터틀 혜성이 이번에 근일점을 지나고 난 뒤 가능한 오랫동안 추적해서 궤도를 확실히 알아내는 게 적절해 보입니다."

덩컨 스틸 박사는 다시 이렇게 말했다.

"만약 2126년에 혜성이 지구와 충돌한다면? 충돌 속도는 초속 60킬로미터가 될 겁니다. 핵의 크기는 5킬로미터이므로, 제 계산에 따르면 폭발할 때 나오는 에너지는 2억 메가톤에 달합니다. 히로시마에 터진 원자폭탄의 100억 배입니다. 만약 5킬로미터가 반지름이 아니라 지름이라고 하면, 그 수치를 8로 나누면 됩니다. 누가 뭐래도 여전히 대폭발이지요. 행운을 빕니다."

자, 나는 가상의 소행성인 칼리가 지구에 도착하는 시기를 2110년으로 정했다. 실제 세상에서 스위프트-터틀 혜성 때문에 괴로워하기 시작할 시기다. 그래서 나는 〈미카도〉*에서 명쾌하게 표현했듯이 "허구인 게 뻔하고 설득력 없었을 이야기에 현실감을 더하기 위해" 이 정보를 기꺼이 가져다 썼다.

*

그리고 아무도 믿지 않을 사실이 하나 있는데….

내가 이 글을 다듬고 있을 때(정확히는 2시간 전인 1992년 11월 6일 오후 6시 20분에) CNN을 틀었는데, 내 오랜 친구인

---

* 윌리엄 S. 길버트가 쓴 오페라

네덜란드계 미국인 천문학자 톰 헤럴스가 나오는 게 아닌가! 헤럴스는 소행성 전문가이자 우주 파수대 팀의 뛰어난 일원이다. 그는 관측소를 지을 수 있을까 해서 스리랑카를 방문한 적도 몇 번 있었는데, 헤럴스의 매력적인 자서전《유리 같은 바다에서》(미국물리학회, 1988년)에는 '스리랑카의 망원경과 아서 클라크'라는 제목이 달린 장이 있다.

그나저나 톰이 CNN에 나와서 한 이야기가 무엇이었을 것 같은가? 톰은 알바레스 부자의 이론을 마지막으로 확인했다는 내용을 전하고 있었다. 결정적 증거를 찾아낸 것이다. 충돌 지점은 내가 몇 쪽 전에 언급했던 유카탄반도의 칙술루브였다.

고맙네, 톰. 루이스가 살아서 이 소식을 들었다면 참 좋았을 텐데.

*

《신의 망치》출간 직후에 또 다른 기묘한 우연의 일치가 생겼다. 작은 운석이 다른 곳도 아닌 뉴욕에 떨어져 주차해 놓은 자동차에 손상을 입혔다! (다른 데 맞기라도 했으면?) 적어도 내가 들은 바로는 그렇지만, 자연히 회의적인 생각이 들 수밖에 없다. 〈타임〉지의 홍보부가 모종의 방식으로 관련이 됐을지도 모른다는 생각이 자꾸 든다….

그러나 이 사건은 내게 〈지구의 대참사〉라는 영화를 떠올리게 했다. 대다수 평론가와 달리 나는 이 영화를 재미있게 보았다. 형편없는 SF영화에 대해 내가 발휘할 수 있는 인내심은 아주 크다. 내가 고전 영화 하나를(아마 〈다가올 세상〉이었을 것이다) 보게 만들었을 때 스탠리 큐브릭은 이렇게 투덜거렸다. "나한테 왜 이럽니까? 당신이 추천하는 영화는 이제 안 볼 겁니다!"

〈지구의 대참사〉의 클라이맥스에서 지나가듯 하는 말이지만 멋진 대사가 하나 나온다. 운석이 떨어진 뒤 러시아 과학자와 상대역인 미국인이 뉴욕 지하철에 대피했다가 지상으로 되돌아가려고 애를 쓴다. 둘 다 머리부터 발끝까지 진흙에 뒤덮여 있다. 러시아인이 동료 미국인에게 말한다. "나중에 모스크바 지하철을 보여줘야겠군."

그라피티 범벅에 덜컹거리는 IRT*의 가축 운송 트럭에 시달렸던 사람이라면 이 재치 있는 농담에 즐거웠을 것이다.

✳

1908년에 벌어진 퉁구스카 사건은 TV 프로그램 〈아서 클라크의 신비로운 세계〉에서 다뤘다. 그리고 사진과 지도를 포함한 상세한 논의는 사이먼 웰페어와 존 페얼리가 쓴 동명의 책 9장('시베리아의 대폭발')에서 볼 수 있다.

* 뉴욕 지하철을 운영했던 회사

*

　나와 《다가올 밤을 넘어》를 함께 쓴 그레고리 벤포드가 방금 소행성이 비켜나가는 주제로 자신과 윌리엄 로슬러가 함께 쓴 소설 《시바의 강림》(1980)에 대해 알려주었다. 읽어본 적이 없다는 사실을 고백해야겠지만, 제목은 분명히 들어봤다. 어쩌면 내 소행성의 이름으로 칼리(시바의 아내)를 고르는 데 무의식적으로 영향을 주었을 수도 있다. 소설을 쓰기 시작하자마자 바로 머릿속에 떠오른 이름이었다.

　같은 주제를 다룬 소설로 래리 니븐과 제리 퍼넬이 쓴 《루시퍼의 해머》(1980년)도 있다. 이건 내가 읽었는데, 과거 〈어스타운딩 스토리즈〉와 관련된 희미한 기억이 하나 떠올랐다. 마이크 애슈비가 쓴 《어스타운딩과 아날로그 색인 완전판》을 뒤졌더니 이유를 알 수 있었다. 찰스 윌라드 디핀이 쓴 〈토르의 망치〉(1932년 3월호)라는 단편소설이 있었다.

　이렇게 가물가물한 우주 침략자 이야기를 내가 기억해 냈다는 게 놀라웠지만, 지난 60년 동안 내 무의식 속에 어른거리고 있었던 건 분명하다. 그리고 빠뜨린 내용이 있을까 봐 덧붙이는데, 나는 G. K. 체스터튼에게서 아주 비슷한 제목을 의도적으로 훔쳐왔음을 기꺼이 인정한다. 사제이자 탐정인 브라운 신부는 '신의 망치'와 관련된 불가사의한 살인사건을 해결한 바 있다.

　제임스 블리시와 노먼 나이트가 쓴 《얼굴의 격류》(1967년)

도 언급하고자 한다. 인구가 1조 명이나 되는 지구에 충돌하는 소행성과 그 소행성의 방향을 돌리려는 시도를 다룬다. 나로서는 그런 세상이라면 가끔 소행성이 충돌하는 것도 좋겠다는 생각이 들긴 한다.

14장에 등장한 화성의 지명은 별로 그럴듯하지 않아 보일는지 몰라도 모두 NASA의 화성 지도(1979년)에서 따온 것이다. 독자가 괜한 호기심 때문에 괴로워하지 않도록 여기에 그 기원을 적는다.

댕크는 오만에 있는 마을이다. 디아-카우는 베트남에 있는 마을이다. 에일은 소말리아에 있는 마을이고, 가그라는 조지아에 있는 마을이다. 카훌은 몰도바에 있는 도시다. 수르트는 리비아에, 티위는 오만에, 와스팸은 니카라과에, 얏은 나이지리아에 있다.

현재 나는 아이작 아시모프, 로버트 하인라인, 그리고 진 로든버리*를 화성에 넣자고 국제천문연맹의 지명위원회를 설득하는 중이다. 불행히도 주요 지형에는 이미 적절한 이름이 붙어 있어서, 우리는 수성 정도에 만족해야 할지도 모른다. 국제천문연맹의 내 지인이 쓴웃음을 지으며 말하기로 수성은 "한동안 개척할 수 없을 듯"하지만.

---

* 미국의 TV 프로듀서이자 작가로, 〈스타트렉〉을 만든 인물

＊

환생자들의 교리(20장)의 이론적 근거는 '효율적으로 부호화된 메시지로 인간의 정보를 성간 공간을 넘어 전송할 수 있다'(윌리엄, A. 리엡케, 악타 아스트로노티카, Vol. 26, No. 3/4, 273-76쪽, 3/4월, 1992년)에서 볼 수 있다.

머피의 법칙(44장)에 대한 주석

해결하기까지 거의 2년이나 걸렸던, 믿기 어려운 미국 해군의 어뢰 사건은 시오도어 로스코가 쓴 《제2차 세계대전의 미국 잠수함 운용》(미 해군 연구소, 1949년)과 조금 더 찾아보기 쉬운 책 사무엘 엘리엇 모리슨의 《산호해, 미드웨이와 잠수함 활동》(리틀, 브라운, 1959년)에서 찾아볼 수 있다. 후자에서 일부를 인용한다. "물리적 충격을 받았을 때 작동해야 하는 공이가 너무 약해서 90도 정면충돌을 견뎌내지 못하는 것으로 드러났다. …따라서 가장 잘 쏘면 불발탄이 되고 말았다."

감사의 말

순간적으로 아무 생각 없이 이름을 빌려 쓴 데 대해 군의관의 본보기인 로버트 싱에게 사과의 뜻을 전한다.

《화성연대기》중 〈한밤의 조우〉에서 문장을 인용할 수 있도록 허락해 준 데 대해 레이 브래드버리에게 감사한다.

1989년 11월 리야드에서 열렸던 우주비행사협회 회의에서 나를 환대해 준 우주비행사 술탄 알-사우드 왕자에게 특별히 감사한다. 내가 처음으로 이슬람 문화를 직접 접할 수 있게 해주었다.

그리고 기술과 심리학에 대한 내 지평선을 넓혀준 젠트리리에게도 감사한다.

*

CIA 제니퍼 계획의 준비 과정으로(《그랜드 뱅크에서 온 유령》을 보라) 1972년 해저 5천 미터에서 건져낸 망간 단괴를 선물해준 수마 코퍼레이션에게 특별히 감사의 마음을 전한다. 칼리와 너무나도 흡사해 보여서 아무 생각이 나지 않을 때 손에 들고 있는 것만으로도 영감을 받을 수 있었다.

*

이 책을 쓰는 동안 아주 유용한 프로그램이 있었다. 아미가용 '비스타프로'와 '디스턴트 선즈'(Virtual Reality Laboratory, 2341 Ganador Court, San Luis Obispo, California 93401), MS 도스용 '더 스카이'(Software Bisque, 912 Twelfth Street, Suite A, Golden, Colorado 80401)와 '댄스 오브 더 플래닛'(ARC Science Simulations, P.P. Box 1955S, Loveland, Colorado 80539)이

다. 또한, 가끔 내가 극적인 이유로 역제곱의 법칙을 무시하긴 했지만, 궤도 계산을 도와준 사이먼 툴록에게도 감사한다.

잠시만…

이 소설 원고는 1992년 12월 2일에 미국과 영국에 있는 내 대리인에게 보냈다. 12월 8일, 발견된 지 얼마 안 된 소행성 투타티스가 지구에 가장 가까이 접근했다. 불과 300만 킬로미터 거리였다. 제트추진연구소의 천문학자들은 이 기회를 이용해 모하비 사막에 있는 NASA 기지에서 신형 레이더 시스템으로 소행성을 관측했다. 투타티스는 충돌구로 뒤덮인 소행성 두 개로 이뤄져 있었는데, 둘은 지름이 3~4킬로미터로, 거의 붙어 있다시피 한 상태로 회전한다. 레이더 영상에 따르면 둘로 쪼개진 칼리와 똑같다.

이건 최초의 쌍둥이 소행성 발견이었다. 45장에서 언급한 아폴로 4769(카스탈리아)를 레이더로 보면 아령처럼 생겼는데, 내 추측에 따르면 이 역시 '접촉 쌍소행성'일 가능성이 있다.

*

스위프트-터틀 혜성에 대한 최신(1993년 1월 1일) 소식을 덩컨 스틸 박사가 전해왔다. 궤도를 좀 더 정확히 계산한 결과 15일 차이로 지구를 빗나갈 것 같으니 2126년에 충돌할 가능성은 별로 없다는 내용이었다. 하지만 이 소설의 마지막 문장은 여전히 유효하다. 그리고 스틸 박사는 불길한 말투로, 실제 관측한 사례도 몇몇 있듯이 혜성에서 떨어져나온 조각이 위협이 될 수도 있다고 말했다. "퉁구스카 사건이 하루에 100번쯤 일어난다면 어떨까요?"

옮긴이 **고호관**

서울대 과학사 및 과학철학 협동과정에서 과학사로 석사 학위를 받았다. 과학과 관련된 글을
쓰며, 지은 책으로 《술술 읽는 물리 소설책》, 《청소년이 꼭 알아야 할 과학이슈 11》(공저), 옮긴
책으로 《낙원의 샘》, 《아서 클라크 단편 전집》, 《SF 명예의 전당》, 《카운트 제로》, 《닥터 블러드
머니》, 《링월드》, 《아레나》 등이 있다.

신 의 망 치

초판 1쇄 인쇄 2018년 7월 25일
초판 1쇄 발행 2018년 7월 30일

지은이 아서 C. 클라크
옮긴이 고호관
펴낸이 박은주
기획 김창규, 최세진
디자인 김선예, 장혜지
마케팅 박동준

발행처 아작
등록 2015년 9월 9일(제2018-000142호)
주소 03924 서울시 마포구 월드컵북로54길 25
  상암DMC푸르지오시티 504호
대표전화 02.324.3945   **팩스** 02.324.3947
이메일 decomma@gmail.com
홈페이지 www.arzak.co.kr

ISBN 979-11-89015-19-0 03840

책 값은 표지 뒤쪽에 있습니다.

아작은 디자인콤마의 문학 브랜드입니다.